日航123便乗客乗員怪死の謎

524人の命乞い

小田周二
Shuji Oda

文芸社

524人の命乞い　日航123便乗客乗員怪死の謎◆目次

524人の乗客、乗員に
真実と正義を捧げる

プロローグ

◆「遺族」となった、あの日

1985年8月12日。あの日、私は17時50分ごろに新橋の本社を出て帰宅の途についた。静岡工場から東京新橋の本社勤務となって一年。長く技術畑を歩んできた私も、スーツ姿での電車通勤にようやく馴染んできたところだった。

地下鉄で渋谷駅まで出た後、世田谷区馬事公苑の社宅へ。電車の中で私は、英会話の練習にとシェルダンのブックテープをレコーダーで聞きはじめた。だが、聞き続けているうちに胸の中には不安感が募った。旅客機の墜落絡みの物語だったからだ。

その日、当時高校一年生の次男と中学一年生の長女は妻の妹や二人の従兄たちとともに、奈良県の祖父母に会いに出かけたところだった。途中、大阪までは少しぜいたくをして飛行機。私は仕事を休めなかったが、妻が一行を羽田空港まで見送りに出かけた。

今ごろ、子どもたちは羽田を飛び立とうとしているはず。そんな時に墜落絡みの物語なんて。イヤホンから聞こえてくる英語は、頭に入って来なかった。

帰宅は18時50分ごろだった。着替えてしばらくすると、どういうわけか急に腹が痛みはじめてトイレに入った。用を済ませて部屋に戻ると、テレビを見ていた長男がひきつったような顔をしている。

「旅客機が墜落したようだ」

まもなくして羽田から戻った妻は、墜落報道を知って激しく動揺した。

「どこの会社!?」

日航の123便、羽田発大阪行き。

妻の決壊したような形相を見て、私もすべてを悟った。この123便こそ、子どもたちを乗せて発った飛行機だった。頭の中が真っ白になり、しばらく立ち上がれなくなった。

不思議な符合と言うべきなのだろう。私の腹が前触れもなくさしこんだ、まさにあの時、子どもたちが乗った日航機は墜落していたのだ。あの痛みは、機上で救いを求める子どもたちの言霊だったのかもしれない。後になってそう思った。

この時から、小田家は崩壊した。私と妻、長男それぞれの人生はここから狂いはじめ、もだえるような悲しみと沸騰する怒り、汲めども尽きない疑問とに苛まれる日々が始まることになった。

＊

子どもたちの遺体には会えた。

だが、人生をこれから謳歌しようとする年頃、夢いっぱいの子どもらが、なぜこのような最期を迎えねばならなかったのか。それを思うたびに、私は埋めようのない悲嘆と絶望の深い淵に沈んだ。

あの日あの時、機内の子どもたちがどのような状況にあったのか。始め私たち遺族には知るべくもなかったが、１２３便の墜落事件では奇跡的に4名の方が重傷を負いながらも生還した。その方たちの証言が明らかになるにつれ、私たちも墜落までの機内の様子をいくらか推測できるようになった。もっともその推測とは、子どもたちが味わったに違いない驚きと恐怖を思い描いては泣き、その苦痛を追体験しては嘆き崩れることの繰り返し、また繰り返しに他ならなかった。

垂直尾翼が破壊される轟音を聞いた子どもたちの驚愕。

酸素マスクを装着せよと言われた時の戦慄。

機内がその後しばらく安定していたという証言はわずかな救いだったが、その安定もやがて断ち切られる。証言が18時56分の墜落へと向かう時、乗客乗員５２４名の味わった断末魔の恐怖を思う私は、ただただ震えおののくばかりだった。

生還者の一人、落合由美さんは言う。

墜落直前、45秒前に突然にものすごい横揺れがあり、すぐに急降下が始まった。全くの急降下で、髪の毛が逆立つくらいの感じ、頭の両脇の髪が後ろに引っ張られるような恐怖の降下だった。乗客たちは、もう、声も出なかった。

愛する子どもたちが、そして524名の全員が等しく味わった凄まじい恐怖。この恐怖の急降下墜落は約20秒も続き、それから10秒後に機体は御巣鷹《おすたか》の尾根に墜落する。乗客乗員の大半が即死したほか、重傷を負った数十名もまた真っ暗な山中での救助不作為によって見殺しにされ、次々に命の灯を消していかねばならなかった。

一部始終を思って涙にくれた後、突き上げてくるのは、愛する肉親があまりにも長い恐怖の末、地面に叩きつけられて死なねばならなかったことへの心からの怒りだ。

◆日航ジャンボ機墜落事件

520名の乗客乗員が亡くなり4名が重傷。日航ジャンボ機墜落事件は、単独の飛行機事故としては今に至るまで世界の航空史上最悪の大惨事である。だが、すでに事件から31年あまり。当時を知る人々の間でも記憶は薄れて風化し、事件の後に生まれた方も多い。そこでまず、事件のアウトラインを整理しておこう。

1985年8月12日（月曜日）、509人の乗客と15人の乗務員を乗せたジャンボ機日航123便は、18時12分に羽田を離陸して目的地の大阪伊丹空港に向かった。普段通りの離陸で、機体の内外に変わったことは何もなかった。ところが、離陸から12分ほど経って相模湾上空を飛行している時、機体最後尾付近で破壊音が響き、それを機に操縦桿《かん》などによる通常の操作に機体各部がまったく反応しなくなってしまった。この時123便は何かの理由で垂直尾翼の大

日航123便（JA8119）飛行経路略図

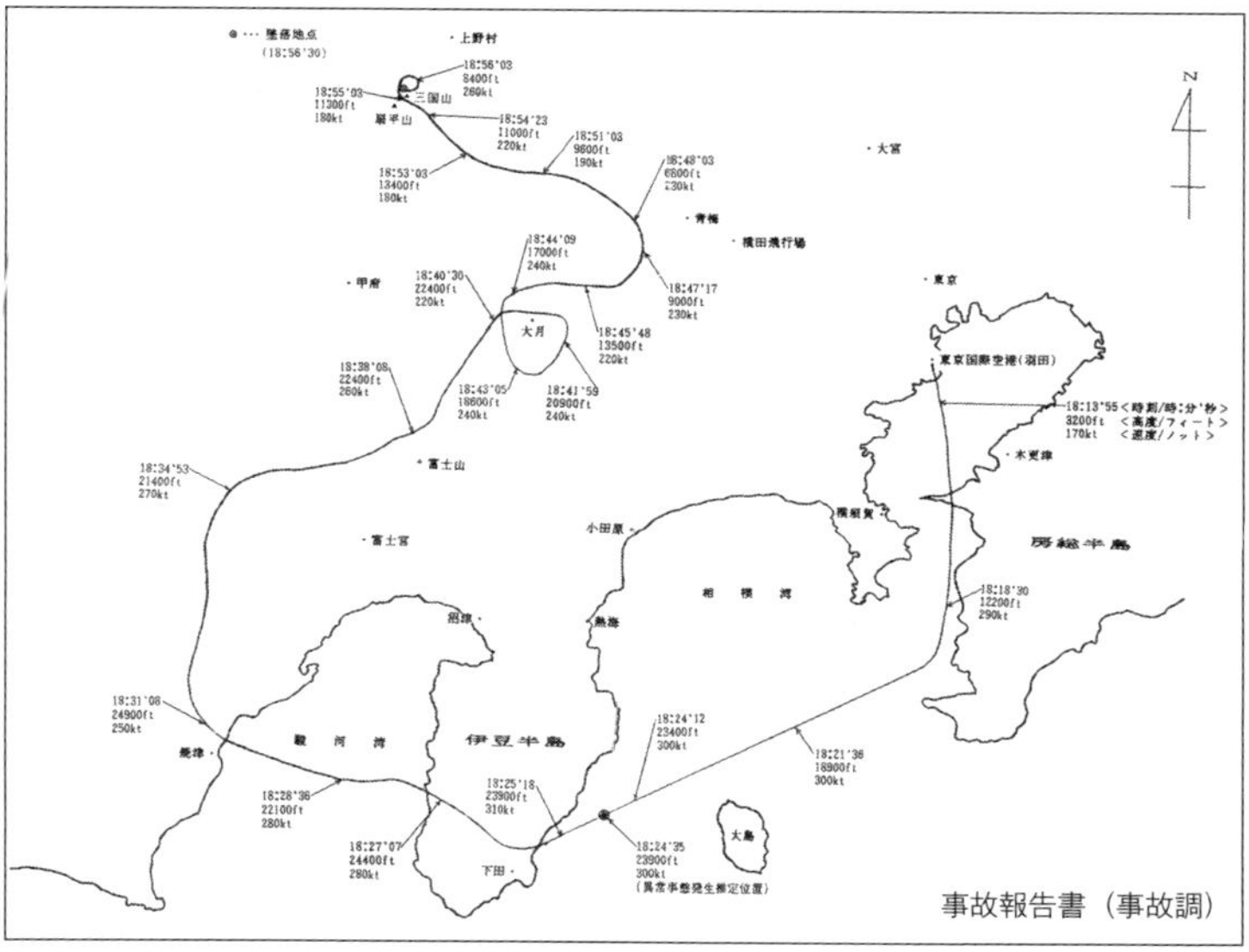

事故報告書（事故調）

半を失い、油圧系統を破壊されたことが後にわかっている。地上の管制官に異常発生を伝えた１２３便は静岡県焼津上空で右旋回し東京方面に飛行し、北上して山梨県大月市付近で奇妙な旋回飛行をした後に米軍横田基地へと向かったのだが、そこで突然、西北西に機首を向ける。秩父山系、次いで標高２０００メートル前後の急峻な山々が連なる中部山岳地帯に分け入って行った１２３便は、いくつかの急峻な山をかわした後に突然高度を落とし、18時56分30秒、群馬県の「御巣鷹の尾根」に墜落したのだった。相模湾で垂直尾翼が破壊されてから墜落まで、じつに32分間にも及ぶ飛行だった。生存者は４名だけで、５２０名が死亡。身元確認できないほど四散したり激しく燃えたりした遺体も多く、現場の惨状は筆舌に尽くしがたいものだった。
32分間の恐怖。その間、機内には遺書を走り書きした乗客もいた。機内の状況や恐怖、思いもかけない形で死を迎えることへの無念、そしてこれまで共に暮らした家族への思い。それらが切々と綴られた遺書の数々が墜落現場から発見され、遺族のみならず多くの人々に衝撃を与えた。

また、墜落機体から回収されたCVR（コックピットボイスレコーダー）には、コックピット内の会話や通信音声が録音されていた。後に部分的に公開されたその記録からは、一切の油圧系統が使えないという致命的なトラブルの中、機長以下3人のクルーが知恵と気力の限りを尽くして乗客の命を救おうと最後まで努力する模様が読み取れた。その苦闘の軌跡もまた、墜落直前に機長が叫んだ「パワー」（出力全開）という悲痛な言葉とともに人々に強い印象を残した。

だが、この事件の特異性は、墜落までの32分間という長い時間の中にだけあるのではない。墜落したのが8月12日の18時56分。だが、その墜落場所が公式に特定されたのは、じつに10時間も経った翌13日の4時55分になってからだったのだ。

日本国内でジャンボ機が墜落したというのに、10時間も墜落場所が明らかにならない。その間、墜落場所をめぐる誤報が流れ続け、遺族をはじめすべての国民が振り回され続けた。墜落翌日の朝、ヘリコプターからの映像で初めて御巣鷹の尾根を焦がして広がる墜落現場が伝えられ、ようやく国民はその場所と惨状を目の当たりにしたのだ。救出活動の開始はさらに大きく遅れ、奇跡の生還者たち4名が相次いで残骸の間から発見されたのは墜落から16時間も経った13日の午前11時前後だった。

なぜこれほどまでに墜落現場の公式な特定に時間がかかったのか。どうしてもっと早く救出活動を開始できなかったのか。それが大問題となったのは、4名の生存者たちの衝撃的な証言があったからだ。

生還者たちは口をそろえて語った。墜落直後、周囲では多くの人の声や呼吸が聞こえていた、と。墜落直後の現場ではかなりの人々が生きていたのだ。墜落時には命をとりとめながら、十数時間も山中で放置されて息絶えていった人々。生還者の証言によれば、助けを待つその人々の間からは子どもの声も聞こえていたという。

この二重に酷い結末までの経緯をざっと眺めただけでも、遺族の胸には無数の疑問が湧き上がってくる。

順調に飛行していたのに、相模湾上空で垂直尾翼付近が突然破壊されたのは何故だったのか。その後、横田基地方面に飛行したのに、どうして針路を山岳地帯に向けることになったのか。異変発生後も飛行を継続できていたのに、何故突然降下・墜落したのか。そして、墜落場所の特定や救出活動の開始は、どうして異常なほど遅れたのか。

これらの疑問は今日に至るまで、大きな謎として残り続けている。そしてそうした疑問は、こうも言い換えることができる。なぜ、墜落事件は起き、その責任は誰にあるのか。私たちの愛する家族は、もしかしたら、助かったのではないか。

◆誰一人責任を問われない謎

31年余りの歳月を経た今、この日航ジャンボ機墜落事件についての大きな誤解が独り歩きしはじめている。事件を記憶している人も、その多くが墜落原因は解明されたと思い込んでいるのだ。さらに、大きな誤解はもう一つ。その「解明された」という墜落原因に応じて、事件関係者が法的に処罰されたものと思い込んでいる人もじつに多い。

だが遺族の一人として、ここで改めて確認しておきたい。

この日航ジャンボ機墜落事件では、今に至るまでただの一人として法的責任を問われた者はいない。処罰するどころか、法的責任の有無を問う裁判すら行われたことはない。なぜなら、責任を問う拠り所になる事件の原因分析が存在しないからだ。

もちろん事件の後、運輸省（現国土交通省・国交省）の航空事故調査委員会（事故調）による調査があった。事故調は約2年後の87年6月19日に「航空事故調査報告書」を発表した。その報告書が語る墜落までの流れは、おおよそ次のようなものだ。

〈修理ミスを「事故原因」とした事故調報告書概要〉

１２３便の機体は、以前に機体後部が滑走路に接触する「尻もち事故」を起こしたことがある。この時に機体尾部の後部圧力隔壁と呼ばれる構造物が破損したため、日航は製造元のボーイング社にその修理を依頼した。

気圧の低い高空を飛ぶ飛行機の機内を密閉された筒にたとえれば、その筒のお尻の蓋にあたるのが胴体最後尾の後部圧力隔壁だ。地上と同じ約１気圧に保たれた機内の与圧を、この隔壁が封じ込めて密閉している。胴体後尾をふさぐ直径４・５メートルの浅いお椀のような壁。中心から周辺に向かって36本の桟がパラソルのように放射状に伸び、その桟にアルミ合金のパネルをリベット留めしたボンネットだ。

ところが、ボーイング社の隔壁修理の仕方にミスがあった。このミスのせいで強度不足の圧力隔壁は徐々に劣化し、問題の８月12日の飛行中、ついに機内の与圧に耐えられなくなって破壊された。破壊部分から与圧されていた機内の空気が一気に噴出し、隔壁の後ろにある垂直尾翼やＡＰＵ（補助動力装置）が内側から吹き飛ばされるようにちぎれ飛んだ。この時に油圧配管も破断し、ほとんどの操縦機能が失われた。操縦困難になった１２３便は、安全な着陸、着水ができなくなって墜落した……。

これが事故調の描く事故経過のシナリオであり、一般には「圧力隔壁破壊説」と呼ばれる。これが国の事故調査の結論とされ、報道もこれを「定説」扱いしている。

〈修理ミスのせいで後部圧力隔壁が破壊→空気が噴出して垂直尾翼等を破壊→それによって操

縦が不可能になって墜落〉。これはわかりやすいシナリオではある。この仮説が正しいのなら、事件の法的な責任もはっきりしている。「圧力隔壁破壊説」を信じるならば、墜落事件に最大の責任を負うのは修理ミスを犯したボーイング社であり、次いでそのミスを見逃した日航、さらに最終検査で問題を見抜けずに運航許可を出した運輸省（現国交省）の順で過失責任があるということになる。

ところが、ここから大きな矛盾が始まる。

◆前橋地方検察庁の不起訴判断

遺族は事件から約1年をかけ、事故調の結論に基づき日本航空やボーイング社、運輸省の関係者を業務上過失致死傷容疑で告訴・告発した。ところが、前橋地方検察庁は不起訴を決定。すでに事故調報告書が発表され、「圧力隔壁破壊説」が広く世間に知られた後であるにもかかわらず、検察は三者の法的責任は問えないと判断したのだ。

驚きと怒りに包まれた私たち遺族は、検察審査会に審査を申し立てた。審査によって不起訴は不当だと判断されれば、検察に再検討を求めることができるというのが当時の法律の規定だった。やがて出された審査の結果は、遺族の願いどおり「不起訴不当」。遺族は、今度こそ検察が起訴に踏み切ることを期待した。

だが、90年7月17日、前橋地方検察庁は告訴・告発されていた関係者について、いずれも不起訴を再決定した。この決定に関して前橋地検は、遺族に対して異例の不起訴理由の説明会を開催。その場で当時の山口悠介検事正が、検察が「不起訴」を決断した理由を説明した。

驚いたことに山口検事正が遺族の前で語ったのは、事故調が描いた事件のシナリオに対するあからさまな批判と否定だった。

〈最終報告書を読んだが、修理ミスが事故の原因かどうかわからない。〉〈事故調の報告書は、「曖昧」だと思う。〉〈機内が静粛であったのだから、隔壁は破壊していない可能性がある。〉〈ボーイング社は（同型機全体の問題ではなく）事故機だけの原因にしたくて修理ミスを告白し、隔壁破壊（が起きたこと）を認めたのかもしれない。〉〈それ（報告書）を見ても、真の事故原因は解らない。〉

一般には墜落原因を解明したと報じられた事故調の「圧力隔壁破壊説」だが、検察は早い段階からその内容を信用できないと考えていたのである。

事故調の「圧力隔壁破壊説」に疑問を抱いたのは、検察ばかりではない。航空関係者や有識者の中にも、事故調のシナリオに疑問の声を上げた人は当初から多かった。

〈圧力隔壁破壊で垂直尾翼を吹き飛ばすほどの空気の噴出があったのなら、なぜ客室内には風も吹かず、紙切れ一枚として外に吸い出されなかったのか。〉〈機内の空気が外に噴出したというのなら、パイロットたちはどうして酸素マスクをつけなかったのか。〉〈操縦不可能になったという機体が、なぜ32分間も飛び続けることができたのか。〉〈事故調は墜落現場の特定が異常

に遅れた事情について分析を加えていないではないか。〉

こうして多くの人が疑問の声を上げたにもかかわらず、政府はこれが「結論」だという。ところがその「結論」では法的責任の追及はできないと検察は言う。遺族はこの巨大な矛盾の谷間に突き落とされ、事件当時に抱いた疑問と問いは今も宙づりにされたまま残り続けているのだ。

この墜落事件はどのようにして起き、その責任はどこの誰にあるのか。そして、私たちの愛する家族は、もしかしたら助かる可能性があったのではないか。

検察が「信ぴょう性が乏しい」と判断した事故調の報告書すなわち「圧力隔壁破壊説」。それに対する数多くの疑問を再検証し、誰もが納得できる形で事件を解明してほしい。その遺族の願い、要請にもかかわらず、政府、事故調は真相解明を拒んできた。

相模湾海底に沈んだ垂直尾翼やＡＰＵ（補助動力装置）の残骸は「圧力隔壁破壊説」が正しいかどうかを検証するのに不可欠なものだが、政府はその捜索・回収作業をいち早くとりやめてしまった。事故調の報告書は、最も重要な調査が打ち切られ、単に推論だけで作成されたものに過ぎなかったのである。さらに時が流れて99年11月になると、運輸省（現国交省）は総重量１１６０kgもの墜落事件関連の資料や証拠類を廃棄した。世界航空史上最悪の大惨事の資料を廃棄。それは、制定されたばかりの「情報公開法」が施行される直前の蛮行だった。行政が保管する資料を国民に公開することを義務づけた同法施行前に資料が廃棄された結果、遺族やマスコミ関係者、市民が事件を再検証する機会を奪われたのだ。海底の残骸捜索をいち早く打ち切ったことと合わせて考えれば、政府のこの姿勢は、人々が事件の真相に近づくことを恐れてのものだと思われても仕方ないだろう。

調査を早々と打ち切り、貴重な資料を公の目に触れる前に捨ててしまう政府。その仕打ちに遺族の一人として悶々としながらも、素人にとって事件の真相究明は八方ふさがりに思えた。

◆真相を求める遺族の挑戦

そんなある日、私はある航空機事故の遺族が事故の真相解明の重い扉を開いたことを知った。その事故とは、1989年2月24日にハワイで起きた「ユナイテッド航空811便貨物室ドア脱落事故」である。ホノルル上空の高空で突然開いた貨物室ドアが脱落して急減圧が起き、乗客9名が外部に吸い出されて死亡したという事故だ。

この事故に対し、アメリカのNTSB（国家運輸安全委員会）は当初、作業員がドアの取り扱いを誤ったことが事故原因だとした。だが、この事故で愛する息子を失ったニュージーランドのケビン・キャンベル氏とその妻はこの結論に疑問を持ち、審問時の資料を解析してドア設計に問題があった可能性に気づく。その後夫妻は調査と研究に奔走し、異なる事故原因を突き止めてNTSBに提示した。指摘を受けたNTSBは、太平洋の海底4200mから脱落したドアを回収。再調査を実施し、「ドアの破損原因は電気系統の欠陥である」という新たな結論に至り、それをボーイング社も認めた。

審理過程の情報公開の徹底、疑問が示されれば深海から残骸を回収してでも再調査する姿勢、そして当初の結論に固執せず真実に近づこうとする態度。そのすべてが日本の事故調に欠けていることばかりだが、同時に私は真相解明の突破口を開いたキャンベル夫妻の姿勢に心打たれた。夫妻は次のように語っている。

「息子の死を無駄にしないために事故原因を調査究明して811便事故の真実を明らかにする。これは二度と同じ事故を引き起こさないためには不可欠である。真の事故原因を亡き肉親の墓前に報告することが最大の供養である」

この真情溢れる言葉は、同じ航空事故の犠牲者遺族である私を奮い立たせてくれた。

航空機事故の真実や真相が不明とされた場合、あるいは公式発表された事故原因への疑問がぬぐえない場合、誰かが真相を究明してくれるとか、誰かに聞けば分かるはずだという他人任せの姿勢を取り続けていてはいけないのだ。遺族が率先して立ち上がり、勉強し、調査し、研究分析を重ね、自らの結論を導き出して世に問う。そのことが真相究明には不可欠であることを、キャンベル夫妻は身をもって教えてくれた。

それ以来、私は日航ジャンボ機墜落事件に関連する多くの論文や著作を読みあさり、さまざまな資料を集め、航空力学や法律についても学んだ。その私なりの調査研究と検証の到達点として、私は事件についての一つの仮説にたどり着いた。その仮説に基づく日航ジャンボ機墜落事件の全容を論文化したのが『日航機墜落事故　真実と真相』（小田周二著・文芸社・2015年）であり、そこで明らかにした事件の概要を一般の方にわかりやすくまとめたものが本書である。

＊

私の考える事件の全容は、事故調の言う圧力隔壁破壊説とは大きく違う。仮説を組み立てる上ではこの事件を論じてきた有識者たちの著作に多くを負っているが、その内容が最も真実に近い「仮説」であることを私は確信している。

考えてもみてほしい。

愛する者が失われた惨劇をできれば忘れたいとさえ思っている遺族が、31年も過ぎてなお、みずからこのような仮説を世に問わねばならないのはなぜだろうか。

それは政府が「結論」と称する事故原因なるものが、遺族をはじめとする万人を説得できる内容を持たず、検察までもが責任追及の役に立たないと批判するような代物だからだ。市民520名が死亡した墜落原因に疑惑が噴出した以上、それにはもはや「航空機墜落事故報告書」としての資格はない。そしてまた、そのような批判がありながら、政府が不自然なほどに再調査、再検証を忌避し続けてきたからだ。政府のこの姿勢が続く限り、日航ジャンボ機墜落事件をめぐっては私だけでなく多くの人からさまざまな仮説が提起され続けるに違いない。

私がたどり着いた仮説が真実か否か。それを検証する義務と責任を負うのは私ではない。それを負うのは、多くの疑問を突き付けられながらこれまで再検証を忌避し続けてきた政府だ。その義務と責任を負うように政府に求めること。願わくば読者一人一人が本書をきっかけとして、政府に責任ある再調査と再検証を求めて声を上げてくださること。それこそが、一人の遺族である私が本書を世に問う目的である。

1　相模湾上空　突然の垂直尾翼破壊

◆1985年8月12日

お盆直前の羽田空港に夕暮れが近づいていた。18時近くなっても駐機場のコンクリートには昼間の熱が残り、空港全体がむし暑さに包まれたままだ。国内各地に旅立つ最終便が近づき、首都の空の玄関口には気ぜわしさのようなものが漂いはじめていた。

駐機場の一つで、一機の大型旅客機が乗客たちの搭乗受け入れを開始した。待合ロビーから外に出た乗客たちが、足早に巨大な機体に横付けされたタラップに向かう。タラップの昇り口の上には〈大阪行　For Osaka〉というプレートが掲げられ、それをわざわざ確かめるように見上げてから階段を上がっていく乗客の姿もある。

日本航空123便。定刻18時発のこの便は、普段は首都圏で仕事を済ませたビジネスマンたちが関西圏への帰りを急ぐビジネス便である。だが、この日は月曜日とはいえ夏休みの最中であり、おまけにお盆休みが始まろうとしている。汗ばんだワイシャツ姿のサラリーマンのほか、お土産を手にした家族連れや休暇の日程を調整し合って旅するグループなど、タラップを上がる乗客たちの顔触れは多様だ。

ある子ども連れのグループが、行き先プレートが掲げられたタラップとその後ろのジャンボ機の機体を背景に、旅の最初の記念撮影をしている。思春期にさしかかった子どもたちは、始まった旅の高揚感をちょっぴり照れくさそうな笑顔でくるんでいる。撮影が終わると、一行はいそいそとタラップを上がった。私の次男と長女、その二人の従兄たち。この一枚の写真は、若い命がこの世に遺した最後の姿だった。

このタラップを上った乗客は509名。客席数が528だから、123便はほぼ満席と言ってよかった。

＊

123便で使用されたのは、JA8119という機体番号が割り振られたボーイング社のB747－SR－100型という機種だ。747型は「ジャンボ」の通称で知られる大型ジェット機で、SRは近距離を飛ぶ国内線仕様であることを意味する。

大型旅客機の代名詞とも言える「ジャンボ」は、一頭の巨大なアフリカゾウの名に由来している。言うまでもなくそれは、機体の桁はずれの大きさにちなんだものだ。機首先端から最後尾までの全長が70・5メートル。左右の主翼両端の幅は59・6メートルで、地上からの高さは19・3メートルにもなる。翼面積は511平方メートルで、両翼合わせて300枚を超える畳

日航機（ボーイング747－SR－100型）三面図

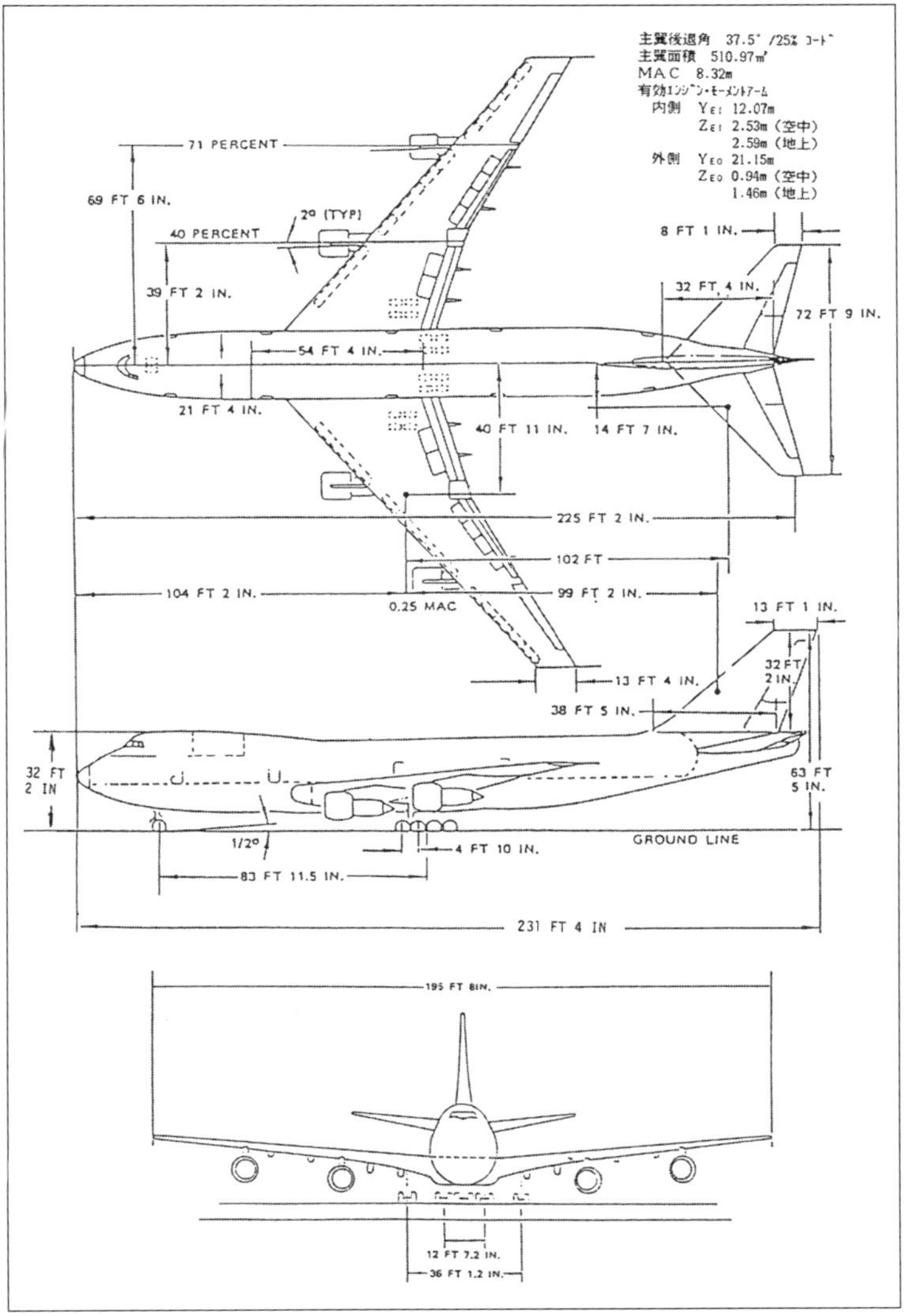

「航空事故調査報告書」運輸省航空事故調査委員会

が敷き詰められる広さだ。

乗客乗員と荷物、それに燃料などが加わって約360トンにもなる機体の飛行に必要な力を生み出すのは、左右の主翼下に各2基ずつ、合計4基据え付けられた巨大なターボジェットエンジンだ。1基4トンもの大きなエンジンが生み出す推力が機体を時速約300㎞で滑走させ、そこで生じる高速の気流を受けとめた主翼が揚力を生み出して360トンの巨象が宙に浮かぶ。

この空飛ぶ巨象を操縦するのは、3名のコックピットクルー（運航乗務員）である。

機長・高濱雅巳氏は当時49歳。総飛行時間12000時間を超えるベテランパイロットで、ジャンボ機の操縦歴だけでも11年、約4800時間に達する。高校中退後に海上自衛隊に入隊して10年間勤務。この間に航空機の操縦を学び、63年に東亜国内空港（後の日本エアシステム。2004年に日本航空と経営統合）傘下の富士航空に入社している。74年に日本航空に移籍してからはボーイング727型機、次いでこの747型機の機長として飛び続けてきた。たたき上げの飛行機乗り、空の男だった。

副操縦士・佐々木祐氏は当時39歳。総飛行時間約4000時間で、ジャンボ機の飛行時間も約2600時間。彼にとってこの日の飛行は機長昇格のためのテストフライトを兼ねており、彼が進行方向に向かって左側の機長席で操縦桿を握った。右側の副操縦席には指導教官を兼務する高濱機長が座り、通信を引き受けながら隣の佐々木副操縦士の操縦を監督し助言するというのがこの日の役割分担だった。

航空機関士・福田博氏は当時46歳。総飛行時間9800時間で、ジャンボ機の飛行時間は約3800時間。機関士は計器類のチェックや運行状況の把握にあたるほか、必要に応じて地上との交信や客室乗務員とのインターホンによる連絡などを受け持って操縦を補佐する。

747型機の操縦に熟練している機長と機関士、そして機長昇格を間近に控える副操縦士。この3人の組み合わせは、当時の日航の中でも最も安定感のあるクルーだった。3人のクルーに加えて機には12名の客室乗務員が乗り組むから、乗務員は合計15名。509名の乗客と合わせて524名がこの日の搭乗者のすべてだった。

定刻の18時ごろ、最後の乗客が登場したのを確認して搭乗口の扉が閉じられ、内側からしっかりロックされた。機内側の乗務員とタラップ側のスタッフとの間にサインが交わされ、横付けされたタラップが機体から離れた。

この時、123便は524の命のかたまりとなった。

◆ベルト着用サインの再点灯

背もたれに体が押し付けられるような加速感と、機内の空気に充満する轟音。機体後部の乗客たちの目に、客室前方が持ち上がるのが見える。そう思った次の瞬間、尻に感じていた細かな地響きがフッと消え、体が軽くなるような感覚。1985年8月12日18時12分、定刻から12分遅れの離陸だった。

離陸した123便はそのまま東京湾上空を太平洋に向かって駆け上がり、房総半島をかすめると機首を南西方向に向けた。これから小一時間、離陸からの起算では56分間の飛行を経て大阪伊丹空港に到着する予定だ。せわしなくはあるが、それだけ身近になったとも言える空の旅の始まり。下界に遠ざかる首都圏の街並みを見ながら、我が家はどのあたりだろうと子どもたちははしゃいだかもしれない。

離陸から7、8分が過ぎた。

それまで各扉近くの専用席に座っていた客室乗務員たちが示し合わせたようにばらばらと立ち上がり、慌ただしく機内サービスの準備に取りかかった。フライトはわずか一時間足らずと短いから、サービスには手際良さが求められる。笑顔を絶やさず、だが忙しく立ち働く乗務員たち。前もって決められている段取りに応じてなのだろう、ある乗務員が子どもの座っている席をまわりはじめた。搭乗してくれた子ども向けのちょっとしたお土産、ミッキーマウスのぬいぐるみをプレゼントして歩いているのだ。

東京ディズニーランドの開園は、この2年前の83年4月。東京近郊の一大人気スポットとしてお客が増え続けていた当時、そのキャラクターのぬいぐるみは子どもたちにとってうれしい手土産だったに違いない。

「ミッキーマウスのぬいぐるみをもらった」

これは、後に奇跡の生還者の一人となった川上慶子さんの証言だ。

航空史上最悪の惨劇に見舞われる直前、当時12歳だった川上さんが記憶にとどめた旅の小さなかけら。だが、その記憶のかけらは、惨劇がどのようにして始まったのかを解き明かすのに欠かせない手がかりを与えてくれる。ミッキーマウスの記憶は、この時点でベルト着用サインが消えていたことを物語っているからだ。

誰もが知っているように、離着陸時にはベルト着用サインが点灯し、乗客はベルトを締めるのはもちろん、背もたれの位置を元に戻し、テーブルもしまわなければならない。サイン点灯中は立ち上がれないから、トイレの利用もできない。

行動を制約されるのは客室乗務員も同じだ。緊急時は別として、サイン点灯中は乗務員もベルトを着用して所定の席に座っていなければならない。だからその間、通常の客室サービスは行われない。

その乗務員たちがこの時は立ち上がり、子どもたちにミッキーマウスのぬいぐるみを配りはじめていた。子ども相手のサービスが行われていたということは、この時点でベルト着用サインが消えていたことを示している。

サインが消えた客室は離陸の緊張から解き放たれ、乗務員はいそいそと立ち働いていた。客室の一隅では早くも仕事に疲れたビジネスマンの眠気が漂い、別の座席では家族連れたちの会話が花咲きはじめていたかもしれない。

それから数分を経た18時24分12秒、コックピットに客室乗務員からインターホンが入った。

エンドレステープでコックピット内の音声を記録したＣＶＲが、その時のやりとりを記録している。

「…たいとおっしゃる方がいらっしゃいますがよろしいでしょうか？」

冒頭の音声が途切れているが、どうやら客室乗務員はトイレに行きたがっている乗客がいることをコックピットに告げ、その許可を求めてきたらしい。その内容を取り次いだ機関士に、この日は機長席に座る副操縦士が短く言った。

「気をつけて」

それを受け、機関士がインターホンに向かって答える。

「じゃ気をつけてお願いします」

インターホンの向こうから、客室乗務員の声が聞こえる。

「はい、ありがとうございます」

許可への礼を言う客室乗務員に、機関士はもう一度念を押すように言った。

「気をつけてください」

それは、どうということのない客室とコックピットの連絡だった。

どうしても生理現象を我慢できなくなり、たまりかねた乗客が客室乗務員にトイレを使わせてくれと頼む。そんな光景を、長く飛行機を利用し続けていれば一度や二度は見かける。この日この時のコックピットと客室乗務員のやりとりも、それ自体は空の旅につきもののありふれた内容だった。

だが、よく考えると、このやりとりには奇妙なところがある。

ほんの数分前、123便の機内では子どもたちにミッキーマウスのぬいぐるみが配られていたはずだ。その時点で乗務員による機内サービスが始まっていたのであり、それはベルト着用サインが消えていたことを意味している。それなら乗客は、誰に断ることもなく自由にトイレに立つことができたはずだ。

ところが、わずか数分後には、客室乗務員がトイレに行きたいらしいお客への対応をわざわざコックピットに相談している。乗客のトイレ使用を認めても構わないかどうか。その判断を仰がねばならなかったということは、ある大事な事実を示している。

この時、機内では再びベルト着用サインが点灯していたのだ。

無事に離陸してベルト着用サインが消えた。さてトイレに。そう思って立ち上がりかけた矢先にベルト着用サインが再点灯したのを見て、その乗客もさぞ戸惑っただろう。

ベルト着用サインの点灯、消灯の判断を下すのはコックピット、最終的には機長だ。つい今しがた消したばかりのベルト着用サインを、まるで不意打ちのように再点灯させた機長。この時、機長以下3人のクルーの目の前では、サインを再点灯させねばならない「何か」が起きはじめていた。

この時のコックピットクルーたちが「何か」の異変を感じていたことを示すものは、他にもある。

123便の墜落事件の後、同便のCVRに残されたクルーたちの会話音声を分析し、その時々の精神緊張度を推測したデータが存在する。これは、航空自衛隊航空医学実験隊が開発した手法による分析結果で、緊張状態が1〜9の9段階（レベル）に分けられ、さらにそれは大きく1〜3、4〜6、7〜9の3つのランクに分類される。

その解析によれば、離陸後の機体上昇中にあたる18時18分38秒の機長の緊張度は「4〜6」と中程度にとどまり、客室乗務員の緊張度に至ってはレベル3程度という低さだ。ところが、ベルト着用サインを再点灯させた直後とおぼしき18時24分12秒、あの客室乗務員とのやりとりで副操縦士と機関士から発せられた言葉からは、精神緊張度「5〜7」という、より高い値が計測されている。離陸という最も緊張を強いられる場面で機長が示した緊張度よりも、離陸を終えて巡航飛行に移ろうとしているこの時の副操縦士や機関士の緊張度が高くなっている。

クルーたちをこれだけ短時間のうちに緊張させたものは、いったい何だったのだろうか。

◆窓から見えた謎の飛行物体

ベルト着用サインが再点灯したころ、機体後部に座る一人の男性の乗客は、右隣に座る家族の座席越しに窓の外をぼんやり眺めているところだった。目を向けているのは機体右側の窓。高度7000m近くにまで達した機体の外に広がる空には夏の遅い夕暮れの気配がしのびより、高空の冷たい大気は藍色に輝きはじめていた。はるか遠方の下界に見えている海岸線は伊豆半島あたりだろうか。

　不意にその彼の目が、窓の外の何かにくぎ付けになった。

　少しばかり身を乗り出し加減になった彼の目は、それまでとは打って変わって、小さな窓が切り取った夕空の何かに懸命に焦点を合わせている。間もなく彼は慌てたように、隣席の家族からカメラをひったくった。旅のスナップを撮影するために活躍している愛用のカメラ。そのレンズを、彼は窓の方に向けた。

　窓ガラスの向こうには高度7000メートルの透明な大気。下界の海岸にも、うっすらと夕闇が混じりはじめている。だが、彼がカメラのレンズ越しに食い入るように見ているのは、もはや美しい夕空でもなければ、下界の海岸線でもなかった。かぶりつくようにファインダーを覗きながら、彼はたったいま大空の中に見つけたあるものをレンズの視野の中で確認しようと一生懸命だった。

　7000mの高空を飛ぶ機体の外に見つけたもの。それは小さな点のように見える飛行物体だった。夏の夕空に浮かぶ小さな点。透明な大気を貫いて飛ぶ弾丸のようなそれは、巨大なジャンボ機に比べればちっぽけな点影だった。その小さな飛行物体が、追いすがるように自分たちのジャンボ機に向かってくるではないか。

　いったん目を離そうものなら見失いそうなほど小さな飛行物体が、ファインダーの中を泳いでいる。その点影にしがみつくようにして焦点を合わせると、彼は息を止めて夢中でシャッターを切った。

うまく撮れただろうか。

そう思いながらカメラを胸元に引き寄せて間もなく、彼は頭上に大きな音を聞いた。

◆突然の破壊音

18時24分35秒。

123便は相模湾上空を南西方向に飛行していた。伊豆半島を右手、大島を左手に見るあたりだ。

パーン。

機体後部の客席に座っていた乗客たちは、何かの破壊音が頭上で響くのを聞いた。その直後、高層階との間を往復するエレベーターに乗ったときのようなツンとした感覚が耳に走り、機内にはうっすらと白い、もやのようなものが漂った。

何だ?

機体最後尾に座る人々は、音の聞こえた天井の方を見上げてきょろきょろした。

何人かは、自分たちが座る後部座席のさらに後ろに設けられたトイレの天井の羽目板が外れているのに気づいた。パネルの外れたその向こう、つまり天井裏では布地のようなものがひらひらしているのが見える。そう思ったころには、一瞬感じた耳の違和感や白いもやは消え去っていた。

爆風が起きたわけでもなければ、熱を感じたわけでもない。機内の空気が外に噴出している気配はないし、高度７０００メートルの零下の寒さも感じない。何があったのかと乗務員に尋ねる乗客はいただろうが、得体のしれない破壊音による驚きと緊張が漂った以外、客室の中は思いのほか静かだった。

自動的に各座席の上のボックスから、酸素吸入マスクが転がり出てきた。気圧の低い高空で空気が機体の外に漏れだした場合に対する備えだ。

私たちが生活する地表の気圧は約１気圧だが、７０００ｍの高空ではそれが０・４気圧程度にまで下がる。平たく言えば、高い空の上では空気が薄い。その薄い空気の中に置かれると、人は酸素不足で深刻な健康障害（酸欠症状）に陥ってしまう。このため現代の飛行機は乗員乗客が乗り込むコックピットから客室までの空間を密閉構造にし、上空にいる時も地表と同じ約１気圧に与圧して飛行している。だが、何かの理由で与圧構造が破壊されれば機体の空気が漏れ出してしまうから、機内の人たちに酸素を供給しなければならない。そこで備えられているのが非常用の酸素吸入マスクだ。

そのマスクが下りてきたことは乗客たちを驚かせたが、それでもパニックは起きなかった。この時の機内では、酸素吸入マスクを付けなければならないような空気の流出や、それによる酸素不足は起きていなかったからだ。もちろん客室乗務員は非常時のマニュアル通りに通路を回り、酸素吸入マスクの装着を手伝いはじめた。だが、酸素不足による酸欠障害を最も警戒しなければならない立場にあるコックピットクルーたちは、酸素吸入マスクなど着用しなかった。

彼らも酸素不足など感じなかったし、それよりも何よりも、彼らにはずっと気がかりなことがあったのだ。

◆「スコーク77」非常事態宣言

コックピットにも破壊音は届いた。その音を聞くなり、機長が一言発している。

「なんか……」

ここでもCVRの音声は不明瞭だが、この言葉の直後、機長は即座に一つのことをしている。それは、音の発生場所やその原因を調べること、――ではなかった。

自分が操縦する機体のどこかから異常な音が響いた。そんな時、操縦する者は真っ先に何の音だろうかと考えるものだ。どこかの機械が破裂したのだろうか？　客室で突発的な事件でも起きたのだろうか？　機長以下のクルーは大急ぎで計器類を点検して各部の異常の有無を調べ、慌ただしく客室乗務員たちと連絡を取り合って機内各所の様子を把握しながら異音の生じた場所やその原因を調べるのが普通だ。

けれども、この時の高濱機長がまず行ったのは、そうした確認ではなかった。

音の出どころやその原因を調べるよりも先に、高濱機長がしたこと。破壊音のわずか11秒後の時点で、彼がためらうことなく最初に行った操作。それは、手元のトランスポンダという通信機器に数値を入力し、「スコーク77」と呼ばれる信号電波を発信することだった。

「スコーク」とは機体に搭載したトランスポンダと地上管制レーダーの信号応答システムのことで、コックピットで入力された信号コードの種類にしたがって地上レーダーには機体の状態が自動表示される。そのコードの一つである「77」とは、要撃されたという「緊急事態」を意味する遭難信号だ。１２３便は「スコーク77」を発信した時点で、自機が緊急事態に陥ったことを地上のあらゆる管制レーダーに向けて告げたのだ。

「スコーク77」を発信している機の飛行は他機よりも優先され、その針路にあたる空域を飛ぶ他機は衝突などを避けるために排除されることもある。それほどの重みを持つ緊急信号だから、普通なら機長は自機に何が起きたのかを確認した後に「スコーク77」を発信するのが手順だ。ところが、この時の高濱機長は、自機に何が起きているのかを調べることなく即座に発信している。ちなみに機長らが自機の操縦系統に異常が起きていることを把握するのは、この「スコーク77」発信からしばらく経った後のことだ。

音の原因など「確かめるまでもない」とでもいうように、破壊音を聞くなり「スコーク77」を発信した機長。それは、恐れていたことが起きた時、予測していた事態が発生した時に人が示す反応そのものだった。恐れていた最悪のことが起きた。そう感じたベテランパイロットは、躊躇することなく緊急遭難信号を発信した。

＊

無事に離陸を終えてせっかく消灯したばかりのベルト着用サインを、急遽再点灯させなければならないと思わせた「何か」があった。巡航飛行に移ろうかというタイミングで、にわかにコックピットクルーの精神緊張度を高める「何か」が起きはじめていた。そして、事態が起きる前から「何か」を感じていた機長は、異音を聞くと同時に間髪入れずに「スコーク77」の発信を決断した。

異変の始まりを告げた「何か」。それは、あのカメラを構えた乗客が、ファインダーの中にとらえた「何か」に違いなかった。高度7000メートルを飛ぶ123便のすぐ横の空に現れた小さな点、カメラのファインダーの中で揺れ動くゴマ粒ほどにしか見えない点影である。

2　それでも１２３便は飛び続けていた

◆オレンジ色の残骸

惨劇の後、遺された者に許された特権がたった一つだけあるとすれば、「時」を味方につけることなのかもしれない。もちろん時の経過は事件を風化させるし、記憶を遠のかせてしまう厄介なものでもある。だが、１２３便の墜落事件の後、長い時の流れの中で報じられてきたことの中には、事件直後には知られていなかったことも多い。また、事件直後は見過ごしていた情報が、時を経て振り返ることで大きな意味を持っていたことに気づかされることもある。これらをストックして結びつけていく作業は、時間をかけてジグソーパズルを埋め合わせていくのに似ている。これから述べるのは、長い時の流れの中で姿を現したいくつかのパズルのピースだ。

＊

１２３便の墜落後間もない時期、『週刊ポスト』は、墜落現場の異様な出来事を報じた。１

23便を運航していた日航の技術者たちが墜落直後の現場に大挙して立ち入り、残骸の選別作業に従事しているという報道だった。

白いつなぎ服を着た集団が墜落直後の現場で残骸の中を動きまわっている様子は、当時多くのメディア関係者に目撃された。後に日航は、それが事故調の要請によって動員された日航の技術者たちだったと説明している。日航の技術者たちはいくつかのグループに分かれ、墜落現場に散乱する123便の機体の残骸をあさっていた。

記事を書いた吉原公一郎氏がその模様を目撃したのは、墜落現場で犠牲者たちの遺体回収が懸命に続けられている最中、しかもその収容作業の初日のことだった。3センチ刻みと言われるほど細かく飛び散った遺体の破片が散らばるむごたらしい現場では、その一つ一つを見つけては回収するという過酷で地道な、だが、犠牲者遺族にとっては何よりも急がれる作業が行われている。その作業を横目に、墜落機を運航していた会社の人間が現場に大挙して入り込み、遺体回収そっちのけで機体の残骸をあさる。それはおぞましい光景だった。

交通事故のことを考えてほしい。自動車で人をはねてしまったドライバーが、血まみれの遺体が搬出されている横で現場に入り込み、自分の車をいじくることが果たして許されるだろうか。事故関係者や警察、消防などの当局者に求められるのは怪我人の救護や遺体の確認・収容を最優先させることであり、次いで重要なのは公平で正確な捜査を期して現状の保全に努めることだ。証拠の隠滅や改ざんを防ぐ意味から、事故当事者であるドライバーが自分の車に手を触れることは決して許されない。現場検証にドライバーの協力が必要だとしても、それは救出や遺体回収等がすべて終わった後、そして現状が正確に保存され記録された後に行われるべきことだろう。

ところが日航ジャンボ機墜落事件では、事件直後から日航社員が公然と現場に立ち入って飛行機の残骸をあさっていた。その光景は、捜査の原則をゆがめる異常な出来事であり、一刻も早い遺体の捜索・収容を待つ遺族にとっては許し難い行為だった。

さて、この記事が特に注目しているのは、機体の残骸の中から発見された金属片だ。日航の技術者たちが群がるこの金属片にはオレンジ色の塗装が施されていた。だが、１２３便の機体にはオレンジ色の塗装は用いられていなかったことがわかっている。では、日航技術者たちが群がっていたのは、何の破片だったのだろう。

他の残骸との違いは、その色ばかりではなかった。

現場に立ち入った日航の技術者たちは、１２３便の機体残骸をあさりながら、残骸の一つ一つが機体のどの部分なのかを記した荷札を付けていた。それぞれの残骸が、機体のどの部分、何の部品なのかという選別作業だ。ところが、不思議なことに、このオレンジ色の残骸にだけはその荷札が付けられなかった。オレンジ色の残骸は、１２３便の機体の一部ではなかったのだ。奥深い御巣鷹山の墜落現場に、墜落したジャンボ機の機体とは違うものが落ちていたということである。

その後も１２３便の事件には、オレンジ色の残骸の影が付きまとう。墜落から数カ月が過ぎた85年の12月に静岡県沼津市で、さらに翌86年の3月には同じく下田市の海岸で、オレンジ色のアルミ素材らしき何かの残骸が発見された。ところが群馬県警は日航機の機体とは材質が違うとして、この残骸の調査は行わなかった。

これもまた奇妙な処理の仕方だ。ここでも交通事故に置き換えてみよう。転倒大破しているオートバイの近くに、別の自動車の破片が落ちている。そんな時、警察はこの破片がオートバイとは材質が違うという理由で調査もせずに済ますものだろうか。もしかしたらその破片はオートバイと接触した車のものかもしれないと考え、鑑識に回して徹底調査するのが普通ではないか。

見つかったオレンジ色の残骸がジャンボ機と材質が違うというのなら、何の材質となら一致しているのだろうか。そしてその物体は、１２３便の事件と関係があるのだろうか、それともないのだろうか。それを予断を持たずに調べてあらゆる可能性を探り、証拠に基づいてつぶしていく。それが事故調査であり、航空機事故の場合、その調査の担い手は事故調でなければならない。

ところが、群馬県警は何かの貴重な証拠となるかもしれない物体を調査もせずに無関係と即断し、事故調には回送しなかった。漂着したオレンジ色の残骸は調査の俎上に載ることなく、葬り去られてしまったのだ。

◆30年後の写真解析

異変が起きる直前、あの一人の乗客がカメラを123便の窓の外に向けて夢中で撮った空飛ぶ点影の写真。その写真が遺族の手に戻るまでにも謎に満ちた経緯があった。

事故後しばらくしてこの乗客の遺族は、遺品であるカメラの中に墜落前の機内の模様を撮影したフィルムが入っていたことを知らされている。亡くなった肉親が、惨劇の前に見ていた光景。その中に、あの不思議な飛行物体の写真もあった。宙を飛ぶ点影は、カメラの主の命を奪った墜落事件に関わる何かを物語っているのかもしれない。遺族は早速、その写真をマスコミに公開したいと考えた。

ところが、群馬県警がそれを制止した。写真週刊誌などに狙われて大変だし、重要な証拠書類になるので群馬県警で保管するというのがその言い分だった。

航路を特定するのに有力な証拠になるというのがその時の理由だったが、航路を特定するだけなら、CVR（コックピットボイスレコーダー）やDFDR（デジタルフライトデータレコーダー）など他にも客観的な資料はたくさんある。それにもかかわらず群馬県警は、惨劇の犠牲者が最後に見たものを写したフィルムを遺族から取り上げて保管し続けた。このフィルムが遺族の手に戻されたのは、それからじつに5年の歳月を経て前橋地検の不起訴が確定した後のことである。

プロローグで述べたように、墜落事件の遺族たちはその間、ボーイング社と日本航空、当時の運輸省の関係者を告訴・告発している。事故調がまとめた調査報告書から導かれたのも、これら三者に事故を引き起こした責任があるという結論だった。ところが、前橋地方検察庁は不起訴を最終決定した。検察が事故調のシナリオに基づく立件は不可能だとした経緯はすでに述べたとおりだ。

群馬県警がようやく例のフィルムを遺族に返却したのは、この不起訴によって事故についてもはや誰一人として刑事責任を問われないことが確定した後、さらに付け加えればもはや過失致死事件としての「時効」が成立した一週間後のことだ。事件の原因解明や責任追及が宙づりになり、誰も責任を問われる恐れがなくなるタイミングまで、最も重要な目撃証拠の一つがしまい込まれていたということになる。

＊

墜落事件から5年も経て遺族の手に返された写真は、ようやくメディアに公開された。機内で撮影された写真のうちの一枚には、客室乗務員が酸素マスクの付け方を乗客に教えている機内の様子も写っていた。墜落前の様子を生々しく伝える一連の写真は、さまざまなメディアに取り上げられた。その中で機体右側の窓の外に写っている飛行物体の写真も注目されはしたのだが、当時の技術では画像を十分に拡大分析できず、写り込んでいる点影が何であるかということについての議論は深まらなかった。

だが、それから25年経ったころ、進歩したデジタル技術を使ってこの写真が分析し直された。元日航乗務員の青山透子氏による『日航１２３便　あの日の記憶―天空の星たちへ』（２０１０年）はその解析結果を、以下のように報告している。

「黒っぽい円形の塊の領域内は中心から右側へ帯状、もしくは扇状にオレンジがかっているのが分かります。円錐、もしくは円筒のようなものを正面右斜めから見た様なイメージで、この物体はオレンジ体の方向から飛行機の進行方向へ向かっている様に見えますが……」

断定はできないという留保を付けた上での言葉だが、この解析者のコメントは飛行物体の色がオレンジ色に見えること、ロケットのような形状のものである可能性があること、そして１２３便に向かって飛んで来ていた可能性があることを示唆していた。

◆自衛隊無人曳航標的機

墜落事件のあった85年8月12日、静岡県の沖合では自衛隊によるミサイル訓練が実施されていた。それはあくまでも訓練だから、もちろん人間が乗った本物の飛行機やヘリコプターにミサイルを当てて撃墜するわけではない。訓練では通常、「無人標的機」と呼ばれる訓練用ジェット機が使用される。当時の自衛隊は「ファイアビー」と「チャカ2」という2種類の無人標的機を使っていた。どちらもリモコンで操作されるロケットに似た円筒形の小型ジェット機で、オレンジ色に塗装されていた。

リモコン操作の無人標的機とは言っても、これらの標的機自体にミサイルを直接ぶつけるわけではない。艦上から発射された無人標的機はさらに鋼鉄製ワイヤーの先にトービーと呼ばれる曳航標的、つまり一種の吹き流しを取りつけて飛び、訓練ではその吹き流しをめがけてミサイルが発射される。

無人標的機など、よほどの軍事マニアでもない限り知る人は少ない。ところが、この無人標的機がひょんなことから新聞紙上に小さく顔を出した。それは、123便の惨劇から1年半ほどが過ぎた87年4月17日のことだった。

『朝日新聞』の「財産の守りは薄い防衛庁」と題された小さな記事。防衛庁（防衛省）が税金で購入した兵器や備品を失ったり壊したりしたことによる損害が、全省庁内の金品の亡失や損傷の中でも際立って多いのだという。財政上の観点からは問題に違いないが、その内容は一見すると123便の墜落事件とは結びつかない政治経済の話だ。

ところが、2000字に満たない記事を丁寧に読むと、そこには防衛庁による財産亡失の典型として、しっぽの吹き流しなどを狙うはずの高速標的機を実際に撃ち落としてしまった、という珍妙な事例が挙げられている。吹き流しを曳航して飛ぶ高速標的機。例の無人標的機のことだ。

記事は85年11月から86年10月までの1年間の亡失・損傷（１４２０万円）について報じている。だが、これは亡失や損傷が簿外処理されたのがこの期間だったというに過ぎない。

実際にこの標的機が失われたのは、いつだったのだろうか。そして、その標的機を実際に撃ち落としてしまったために亡失したという説明は、本当のことなのだろうか。

◆告白――最後のパズルピース

これまでの31年間、さまざまな形で墜落事件にちらついてきたオレンジ色の影。それは、ばらばらに散らばったオレンジ色のパズルのピースだ。

そのいくつものピースを一枚の絵、すなわち意味を持った一つのストーリーとして再構成するために必要な最後のピースが手元にある。ある方から得た一つの情報である。

85年8月12日、１２３便が墜落したその日、ある航空自衛隊の基地司令官（当時）から一人の男性に電話が入った。この司令官は、電話の向こうで男性にこう語った。

「えらいことをした。標的機を民間機に当ててしまった。今、百里基地から偵察機2機に追尾させているところだ」

この司令官と男性とは、第二次世界大戦中に同じ部隊に属した戦友だった。共に同じ戦争の時代を過ごした軍人同士の絆は強く、長い年月を経ても相互の信頼は厚いと言われる。その信頼ゆえの気安さだろうか。電話口の向こうで語る基地司令官の声は、まるで「やっちまったよ！」とでもいうようなあけっぴろげな調子に聞こえたという。

旧知の戦友に、ちょっとした事故を起こしたという感覚であっけらかんと語られたこの言葉こそ、123便を襲った惨劇のきっかけが何だったのかを雄弁に語る告白ではないだろうか。そう考えるなら、ピースはすべて組み合わされ、パズルは完成したことになる。123便の事件につきまとって離れなかったオレンジ色のピース、すなわち航空史上最悪の墜落事件の発端は、オレンジ色に塗装された自衛隊の無人標的機の衝突だった。

＊

123便を見舞った惨劇のきっかけは、おそらく次のようなものだった。

85年8月12日、自衛隊の訓練中に使用していた無人標的機が何かの理由で本来の軌道、予定していた飛行経路を離れ、コントロールできない状態に陥った。無人標的機は伊豆半島東方へと向かい、付近を飛行中だった123便の針路に接近した。

123便の機長らは離陸態勢から巡航飛行に移ろうとしていた矢先、自機に近づくその飛行物体に気づいた。コックピットではにわかに緊張が高まった。いったんは消灯していたシートベルト着用サインを再度点灯させたのは、この飛行物体の急接近に気づいたからだ。自衛隊出身の高濱機長は、それが軍事関連の飛行物体であることに気づいた可能性もある。サインを再点灯させたのち、機長らは回避行動を取ろうとした。

同じころ、123便の客室でも乗客の一人が窓の外に小さな飛行物体を見つけた。それが何であるかは想像もできないまま、彼はとにかく夢中でシャッターを切った。

その直後、機体後部の上方で破壊音が響いた。軌道を逸れた無人標的機が機体後部の上方、つまり垂直尾翼中央部に衝突して起きた衝撃音である。その衝撃で客室内には酸素吸入マスクが下りて、乗客たちはにわかに緊張した。一方、破壊音をコックピットで聞いた機長は、警戒していた飛行物体が案の定、自機にぶつかったのだと即断し、ためらうことなくスコーク77を発信した。

無人標的機を民間機に衝突させてしまったという事態に驚愕した自衛隊は、ぶつけた相手である民間機、すなわち日航123便のその後の様子を確かめるべく、すぐに航空自衛隊百里基地から2機の偵察機を発進させたのである。

◆蘇る雫石事件の悪夢

無人標的機を民間旅客機に当ててしまった。

この情報は無人標的機を使った訓練を行っていた部隊の指揮官から基地司令官、陸海空3自衛隊の最高幹部である各幕僚長から加藤紘一防衛庁長官（当時）へ、さらに軽井沢で静養中だったという当時の内閣総理大臣にまで伝えられた。

驚愕したこれら自衛隊最高幹部と政権中枢の脳裏によぎったのは、71年7月30日に起きた雫石事件の記憶だったに違いない。雫石事件は123便墜落事件が起きるまで日本国内で最大の航空機事故であり、これも悲惨極まりない大事件だった。岩手県雫石町付近の上空で撃墜訓練中だった2機の自衛隊機のうち1機が全日空B727型機の尾翼部分に衝突し、両機とも墜落してしまったのである。自衛隊機のパイロットは、かろうじてパラシュートによる脱出に成功した。だが、衝突された全日空機は凄まじい高速で降下しながら空中分解し、乗客乗員162名全員がバラバラになって地面に激突死する大惨事となった。

この事件は民間機が飛行する空域近くで演習を行うという自衛隊のずさんな訓練計画によって引き起こされたもので、自衛隊には組織としての責任があった。ところが、この事件では衝突した自衛隊機パイロットとその教官が「見張り義務違反」で有罪となっただけで、自衛隊の組織としての責任の追及は雲散霧消している。

調査や報道の過程では、民間機を敵機に見立てた無謀な演習の実態の一端や、防衛庁（当時）と運輸省（当時）が秘密裏に「緊急発進に関する自衛隊機の航空優先権」に関する協定を結んでいたことが明らかになった。だが、これらが指摘されたにもかかわらず、自衛隊と政府が情報を徹底的に秘匿した結果、惨事を引き起こした自衛隊の訓練実態やその責任、さらにそれを放置してきた政府の監督責任の追及はいつの間にか沙汰やみとなった。

結局、わずかに防衛庁長官だけが政治責任をとって辞任するのだが、辞任したのはほんの1

カ月前に就任したばかりの新任長官であり、彼にとっては不運な辞任というほかなかった。事件に実質的な責任を負うとすればそれまで自衛隊を指揮監督していた前任者だったが、この前任者はたまたま事件直前の内閣改造で退任した後。おかげでこの前任者は何ら責任を問われず、雫石事件は彼のその後のきらびやかな政治経歴にはかすり傷一つつけなかった。

この前任者の名は中曽根康弘氏。そして彼こそが、自衛隊の無人標的機が１２３便に衝突した85年８月12日時点での自衛隊最高指揮官、すなわち内閣総理大臣だった。

雫石事件で危うく政治的な命拾いをした彼ならば、無人標的機の衝突事故が世間に知られた場合のはかりしれない影響を予測できたはずだ。自衛隊に対する信頼は失われ、世論は沸騰する。防衛庁長官はもちろん辞任不可避。自衛隊を育ててきた自民党政権そのものも大打撃を受け、彼自身の地位も危ういだろう。

一刻も早く対応を考えねばならない。それにはまず、標的機をぶつけた民間機のその後の様子を知る必要がある。自衛隊の最高幹部と政権中枢は、ただちに１２３便のその後の状況の把握に努めるように航空自衛隊に指示した。それが、あの基地司令官が言う偵察機の発進、２機のＦ４ＥＪ戦闘機の緊急発進だった。

＊

茨城県の百里基地から２機のＦ４ＥＪ戦闘機が飛び立った。時刻はおそらく18時30分前後。

マッハ2・2で飛行する2機が123便の機影を認めたのは、緊急発進から5分あまりしてからのことだったはずだ。

公式の発表では、自衛隊が偵察機を飛ばしたのは123便の機影がレーダーから消えた後、19時05分のことだとされている。それまではレーダーで機影を見守っていたというのが自衛隊の説明だが、自国機が「スコーク77」を発信して飛んでいるのに何もせずにただ見守っていたのなら、それは国防の義務を負う軍事組織の任務放棄というものだろう。123便を追う小型機＝戦闘機の姿は、山梨県大月市をはじめさまざまな場所で地上から目撃されている。基地司令官の言葉や目撃証言から言っても、防空任務を負う航空自衛隊の建前から考えても、自衛隊機は早い段階で飛んだと考える方が自然だ。

123便に追いついたF4EJ戦闘機のパイロットは見たものをすぐに基地に報告し、その内容は自衛隊幹部へ、そして政府中枢へと伝えられた。

追尾する自衛隊機が見たもの。それは巨大な垂直尾翼の後部90％ほどがちぎれ飛び、垂直尾翼後方に突き出しているはずの機体最後尾部（APU＝補助動力装置が格納されている）を失って尻切れトンボのように飛ぶジャンボ機の姿だった。

垂直尾翼は高さ9mにもなる巨大な構造物だ。遠目には飛行機胴体の最後尾に立つ大きな板だが、スパー（桁）と呼ばれる4本の強靱な支柱とワイヤーによって支えられる張り子のような中空構造で、中は人が入れるほどの空間がある。前半3分の2は垂直安定板と呼ばれる固定部分であり、その後ろに可動式の方向舵が組みつけられている。垂直安定板は機体の余計な左右の揺れや回転を防ぐ役割を担い、方向舵は機体の左右の向きを変える時に使われる文字どおりの重要な舵なのだ。

ところが、いま自衛隊機の眼前にある１２３便の機体からは、方向舵を含めた垂直尾翼の90％あまりが消え失せていた。さらに垂直尾翼後方の胴体尾部も破壊され、中に取り付けられていたＡＰＵ（補助動力装置）ごとなくなっているのが見えた。

だが、自衛隊機のパイロットが真っ先に基地に報告したのは、機体最後尾のこまごまとした損傷状況ではなかったはずだ。パイロットが取り急ぎ基地に報告した最も基本的な情報。それは、１２３便は飛行し続けているという事実、そして機体後尾の損傷個所にオレンジ色の断片がへばりついているという事実だった。

◆飛び続ける１２３便

スコーク77を発信した１２３便のコックピットクルーは、衝撃音から1分以上が過ぎるころ、ようやく機体が受けた被害の一端を把握しはじめる。

18時25分19秒。

「油圧、低下した」

18時26分27秒。

「油圧、全部ダメ」

計器類を点検した機関士が機長に報告した機体状況は、飛行機を操る者にとって衝撃的な内容だった。油圧の全喪失。旅客機操縦の一般的なノウハウに照らせば、それは操縦の手足をもがれたに等しい事態だった。

現代の大型飛行機は、油圧装置を使って機体を操縦している。コックピットでの操縦桿などの操作は油圧ポンプの動きに変換され、それが生み出す油圧が各部に張り巡らされた配管を伝わって機体各部を動かす。操縦桿を傾ければ左右の補助翼や昇降舵が作動し、それに応じて機体が上昇、下降、左右へのバンクといった動きを示すし、足元のペダルを踏むことで方向舵が動いて機首の向きが変わる。これらすべてが油圧装置で生まれる動きだ。その油圧が完全に失われたということは、油圧装置を通じた操縦には機体が一切反応しなくなったことを意味する。いわば糸の切れてしまった操り人形だ。

胴体の垂直尾翼取り付け部分近くには油圧配管が集中している。無人標的機の衝突でこの配管も破断し、油が抜けて油圧が失われた。テレビのサスペンスドラマなどで、見たことはないだろうか。犯人が前もってブレーキオイルの通うパイプを切断しておいた自動車にそうとは知らずに乗った被害者が、山道でブレーキが利かなくなっていることに驚愕する。いくらブレーキペダルを踏んでも踏み応えがなく、暴走を止められなくなった被害者はとうとう車もろとも崖下に転落……。あの殺人トリックと同じ理屈だ。

だが、機体を外から眺めることなどできないクルーは油圧配管にこうした破損が起きていたことなど知るべくもないし、垂直尾翼の大半がすでに１２３便の機体には存在していないことも知らない。最後の最後まで彼らに把握できたのは油圧の全喪失、つまり油圧装置を用いた操縦は一切できないということだけだった。

＊

垂直尾翼が失われた機体は、ダッチロールと呼ばれる機体の横滑りするような揺れやフゴイドと呼ばれる大きく波打つような上下動を起こしはじめた。

墜落事件の後、奇跡の生還を遂げた落合由美さんはこの時の機体の動きを次のように証言している（吉岡忍著『墜落の夏―日航１２３便事故全記録』１９８６年）。

「飛行機はあいかわらず旋回をくり返すように左右の傾きをつづけます。振動などはありません。とにかく、くり返し、左右に傾いているという揺れ方が続きました。急な動きとか、ガタガタ揺れるというのでもなく、スローです。だんだん揺れが激しくなるというのでもありません」

それはもちろん乗客にとって不安な揺れではあっただろう。だが、それでも機内は静かだったことを落合さんは証言しており、乗客が遺したあの機内写真にも各乗客が整然とマスクをあてている中を乗務員が立ちまわっている様子が写されている。１２３便はゆっくりとした揺れに悩みながらも飛行を続け、乗客たちは不安でいっぱいになりながらも何とか冷静さを保ってくれている。クルーたちの目下の最大の課題はその機体を、これからどうやって操ればいいのかということだった。

だが、どんなベテランパイロットでも、油圧系が一切作動せず、おまけに垂直尾翼の大半を失ったような機体の操縦訓練など受けてはいない。では、このような状態に陥ったとき、機長以下のクルーには何ができるのだろうか。

ある元ジャンボ機の機長は言う。

「この緊急事態では自ら考え、操作し、習得する以外に助かる道はない」

手動操縦に切り替え、残された機能で機体の安定や旋回、上昇、降下を図る方法を習得する。つまり、自分で操縦手法を編み出し体得するしかないというのだ。

この時の123便に残されていたのは、油圧装置を媒介としない操作系統だけだ。電動モーターを用いれば4基のエンジン出力は調整可能だし、モーターによるフラップの出し入れもできる。旅客機の離陸、着陸時にはスロットル操作で電動モーターを駆動させてエンジン出力を調整するのが常であり、こうしたエンジン出力調整そのものは普通の操縦、パイロットにとっては常識的な操作だ。だが、モーターによる各部の作動には時間が掛かるうえ、それが飛行中の機体ではどのような動きとなって表れるかはやってみなければわからない。一つの操作によって機体がどう反応するかを確かめ、反応に行き過ぎがあれば別の操作を試みて調整を図る。その試行錯誤を繰り返し、そこから操縦の技を見出さなければならない。

例えば、右旋回をするには左エンジンをより強く噴かすことが考えられる。それによって機体は右に旋回するだろうが、この時、機体は傾いて機首を下げようとする。機首が下がりそうになったら、今度はエンジン4基を一斉に噴かす。エンジンは翼の下についているから、トルクが働いて機首は上を向く。こうして右旋回を果たしたら、今度はその行き過ぎを左旋回で調整するための試行錯誤が始まる。

残された操縦手段によって機体を操る方法をこうして習得しようとすれば、その試行錯誤は右に旋回しては揺り戻しのように左旋回が来るというゆるやかな蛇行、大きなS字状の飛行状態となって表れるはずだと、先の機長は言う。

ＤＦＤＲ（デジタルフライトデータレコーダー）の記録や地上からの目撃証言を突き合わせると、１２３便は異変の後間もなく伊豆半島河津付近で右に旋回し、次いで遠州灘上空で今度は左にゆるやかに旋回して焼津付近に到達している。その飛行経路は、まさに大きな**Ｓの字**。油圧装置の利かない機体を操る方法を見つけようとした高濱機長以下のクルーの奮闘の軌跡だ。操縦の手足をもがれたかに見えた機長らは、異変が発生した直後から油圧装置に頼らずに操縦する方法を編み出しはじめていた。

無人標的機の衝突によって機体最後尾部分を垂直尾翼もろとも破壊され、油圧系統を全喪失した機体。だが、それでも１２３便は飛び続けていた。同機は垂直尾翼を破壊された後も、クルーの操縦によって飛行していたのである。

3 緊急着陸——目指すは米軍横田基地

◆「犯罪」が生まれるとき

「無人標的機の衝突相手は、今も静岡県上空を飛び続けている。しかも衝突箇所には無人標的機のオレンジ色の痕跡が見られる」F4EJ戦闘機から入った報告は、不祥事に動転する自衛隊最高幹部と政府中枢をさらに驚愕させたはずだ。彼らは単に驚いたというよりは、途方に暮れたと言っても間違いではないだろう。この状況下では、自衛隊と政府にとって取るべき方法は2つしかない。そのことを、彼ら自身がよく知っていたからだ。

2つの方法のうち1つは、無人標的機が民間機に衝突してしまったという事実をただちに公表し、最善の処置と対策、つまり123便の緊急着陸に向けた支援とその後の救助に政府・自衛隊として全力を挙げること。もう1つは、衝突事故そのものを徹底的に隠すこと、そのために事故の証拠となりそうな痕跡をすべて消し去ることである。自衛隊や政府に、その2つの方法の「中間」はあり得なかった。

例えば事故原因は伏せながら救難と救助に努めた結果、乗客乗員が生還したとする。次に待ち受けているのは乗客乗員の事情聴取であり、機体や各種記録データの調査であり、圧倒的な量の取材と報道である。その中では、どうあがいても自衛隊の無人標的機による衝突事故が白日のもとにさらけ出される。一大不祥事は国民の非難の的となり、自衛隊と最強の自民党政権は大打撃を受ける。ましてや今回の無人標的機の衝突は、雫石事件で自衛隊の訓練のあり方がさんざん問題になった後にくり返された二度目の大不祥事である。今度は中曽根氏も雫石のときのように無傷では済まない。政府・自衛隊の組織防衛と最高権力者の保身を前提とするなら、自衛隊が標的機を民間機に当ててしまった事実を徹底的に隠し、その痕跡をすべて消し去らねばならないことになる。

だが、ここで言う痕跡とは、今も飛び続けている123便の機体後尾に残る衝突跡やオレンジ色の残滓だけではない。そのことを自衛隊や政府は、あの雫石事件から「戦訓」として学んでいる。

雫石事件では自衛隊機に衝突された旅客機の機体は高速で墜落し、乗客乗員はすべて死亡した。民間側の生存者が一人もいなかったからこそ余計な目撃証言もなく、おかげで自衛隊や政府は責任追及をかわすことに成功した。生存者という名の痕跡が残らなかったから、時の佐藤栄作内閣は倒れなかったのだ。

同じように123便も墜落して乗客乗員の全員が死亡してくれさえすれば、組織を守りきることができる。逆にわずかでも生還者が出れば、そこから一大不祥事が発覚するかもしれない。

そう考えれば、具体的な処理の方法はただ一つ。１２３便を墜落四散させて乗客乗員全員に死亡してもらい、証拠残骸を回収隠蔽するしかない。

組織防衛にとってはそれが最善の道だと、自衛隊幹部は政権中枢に進言した。自衛隊幕僚長らは、今も飛び続けている１２３便の墜落へ向けた誘導もしくは撃墜を総理大臣に進言し、その実行の許可を求めた。最後の判断は、自衛隊の最高指揮官であり政府の最高責任者である中曽根総理大臣に委ねられる。だが、日本の政権トップの思考の軸にあるのが往々にして権力への執着と自己保身であることは、過去から現在までくり返されてきた多くの疑獄事件で代々の総理大臣がどう振る舞ってきたかを見ればわかる。先に述べた雫石墜落事件も例外ではなかった。この85年8月12日の自衛隊標的機の民間機への衝突に際しても、それによって乗客に多数の犠牲者が出る可能性が生じた以上、権力への執着がひときわ強い中曽根総理が「完全隠蔽」の道を選んだことは想像に難くない。

＊

当時軽井沢で静養中だったという中曽根首相と在京の幹部らとの間には、緊迫したやりとりがあっただろう。あるブログ（http://johnbenson.cocolog-nifty.com/blog/2009/03/opst-3143.html）に掲載された電話盗聴情報では、その要請を受けた中曽根氏の電話での対応ぶりが以下のような流れで再現されている。

電話口の向こうで話しているのは、必死に１２３便の撃墜許可を要請する自衛隊幹部だ。それに答えて当時の中曽根氏は、まずはこんなことを語ったとされる。

〈私はこんなことのために総理大臣になったわけではない〉

だが、要請をあきらめない幹部。それに対して中曽根氏は都市部への墜落を懸念しながらも、撃墜許可の条件を口にしはじめた。

〈国民に知られないようにできるなら、許可しよう〉

国民にさえ知られなければ、飛び続けている１２３便を撃墜するのもやむを得ないという判断である。だが、目撃者、生存者が出たらどうするか。それを今度は電話の相手が尋ね、中曽根氏が答えている。

〈何とかしろ〉

それは目撃者を「殺せ」という意味なのだろうか。真意を問う相手に対し、中曽根氏は激高したという。

〈私をこれ以上、『人殺し』にするつもりか。『何とかしろ』とは『何とかしろ』という意味だ〉

もとは過失で生じた衝突事故が故意の殺人事件へと切りかわる瞬間、すなわち犯罪が生まれる瞬間とは、このようなものだったかもしれない。

だが、この世に完全犯罪は存在しない。

１２３便が飛ぶ同じ空の上には同便を追尾する２機の自衛隊機とは別に、事態の成り行きを見つめる一人の米軍兵士、いわば「目撃者」がいたのだ。

◆空の上の米軍「目撃者」

8月12日、18時30分ごろ、沖縄方面から北上してきた一機の米軍輸送機が静岡県上空付近を飛行していた。米軍横田基地所属の輸送機C130H。このまま北東方向に海面上空を直進していけば、間もなく伊豆大島付近の空域にさしかかるはずだった。

横田基地は、東京都福生市など多摩地域の複数自治体にまたがる大規模な米空軍基地である。南北方向に幅60m、長さ3353mの滑走路を構え、その南北にはオーバーランに備えた予備スペースが各300mも設けられている。基地に付属する横田管制所は、横田ラプコン（横田進入管制区）と呼ばれる一都一八県にまたがる広大な空域を管制し、この空域を飛ぶ飛行機は日本の民間機といえどもその管制に服さねばならない。北上中のC130Hは、この横田管制と頻繁に交信しながら飛んでいた。

機内で通信を受け持っていたのはマイケル・アントヌッチ中尉（当時26歳）である。横田管制との交信にあたりながら、彼は日本の民間機JAL123便が「スコーク77」を発信していることを知った。以後、彼は横田管制と連絡をとるかたわらで123便と地上の各管制との通信を断続的に傍受しはじめる。間もなく彼は、自分が傍受していた123便と埼玉県所沢市の東京管制（東京管制区管制所）の会話が日本語に切り替わったのに気づいて驚かされる。

日本国内であっても、航空機と管制官の会話では通常英語が用いられる。ところが東京管制は１２３便に日本語での会話を許可。英会話のわずらわしさから解放してやらねばならないほど、１２３便は切迫した事態に見舞われているのだ。

これはただごとではないぞ。

その直後、彼は横田管制が１２３便に重要な呼びかけをするのを聞く。

10年後に彼は、新聞や空軍機関紙に投稿した自分の記事でこう述べている。

〈We heard Yokota Approach clear Jal123 for landing at the base.（私たちは横田管制が１２３便に、同基地への着陸を許可するのを聞いた）〉。

横田管制が１２３便に対して基地への着陸を許可。アメリカの空軍基地が日本の民間のジャンボ機の着陸を許可するというのだから、これはますます大変な事態だった。

さらに彼はこう続けている。

〈The pilot wanted to land at a U.S. military base — an extraordinary event.（めったにないことだが、パイロットは米軍基地への着陸を希望したのだ。）〉

彼が傍受したことからは、一つの重大な事実が浮かび上がってくる。高濱機長たちは油圧装置の機能を失った１２３便の機体を懸命に手動操縦しながら、横田基地への緊急着陸を目指していたのだ。

◆緊急着陸の条件

電動モーターによるエンジン推力の調整とフラップ操作。これらを駆使しながらの飛行は正常な飛行に比べれば機動性を欠き、垂直尾翼の半ば以上を失った機体がフゴイドやダッチロールでじっとしていなかったのも事実だが、機体は操縦不能な状態に陥ったわけではなかった。そこで機長らが次に考えなければならないのは、言うまでもなく高度を下げて着陸することだ。一刻も早くどこかに着陸し、預かった命を一人でも多く救う。そのためには、着陸に適した滑走路を近くに見つけねばならない。

緊急着陸時、飛行機はむやみに速度を落とすことはできない。高速で前に進むことで主翼にぶつかった空気が揚力を生み出し、それが360トンもの機体を宙に浮かせているからだ。速度がある限度よりも落ちれば揚力は失われ、たちまちただの金属のかたまりとなった機体は失速して墜落する。それは乗客乗員全員の死を意味する。したがって着陸の際も一定以上の速度で揚力を保ちながら高度を下げるのが鉄則であり、減速するのはギアが地面をとらえて機体重量を支えられる状態になってから。パイロットにとって着陸とは、機体を宙に浮かべながら着地させるという大きな矛盾を引き受ける作業なのだ。

ジャンボ機の滑走路への進入速度は、巡航時に比べればはるかに遅いとはいえF1レース並みの時速250㎞から300㎞。ギアが接地して滑走しだしてから、ようやく逆噴射とギアのブレーキによって一気に減速させる。360トンもの機体が猛スピードで滑走するには平坦で固い地面がなければならないし、減速には長い距離が必要になる。それが滑走路であり、ジャンボ機では3000mもの長さがなければならない。

では静岡県付近を飛行中の123便から見た時、着陸に適した3000m滑走路はどこにあるだろうか。それは、必死で機体を操りながら高濱機長が抱えていた最大の課題でもあったはずだ。

＊

まず機長が「羽田に引き返したい」と東京管制に連絡したのが、異変発生後間もない18時25分21秒だった。その言葉通り、焼津上空に到達した123便は右旋回を2回重ねて東の富士山の方に向かう。そのまま直進すれば羽田方向だ。だが、その後123便はさらに針路を変えた。富士山の北側まで進んだところで今度は左旋回し、それまでより北寄りに機首を向けたのだ。

焼津上空からここまでの数分間、機長はジャンボ機の着陸に不可欠な条件と自機の状態とを頭の中で突き合わせ、着陸に最も適した場所を懸命に考えたに違いない。まずそれは、3000mの滑走路を持つ飛行場でなければならない。また、自機は油圧装置が使えないから、不安定な状態での着陸になる恐れもある。着陸時の事故の可能性もゼロではないということだ。それならば十分な救護態勢が期待でき、ビルや家屋が密集していない場所、そして他の飛行機の乗り入れを差し止めしやすい場所が着陸に適している。

そう考えてきたとき、条件にぴたりとあてはまるのが米軍横田基地だった。出発地の羽田空港は普段から過密で知られ、滑走路の空きを待つ各機の離発着遅延も日常茶飯事だ。コンビナートや住宅街の近い東京臨海部という地理的条件を考えても、羽田は緊急着陸にふさわしい場所ではない。

目指すべきは羽田ではなく横田。とっさの判断が迫られる軍用機の操縦経験を持つ高濱機長だからこその、素早い決断だった。

その横田管制は「スコーク77」を発信しながら東京方面を目指す123便の危機を知り、同基地への着陸許可を伝えた。機長もまた横田基地への着陸を希望していることを伝えた。アントヌッチ中尉が機上で交信を傍受したのは、この段階でのやりとりだった。

◆緊急着陸態勢に

18時40分22秒

「ギアダウンしました」

「はい」

機関士は機長にギアダウンを報告している。ジャンボ機はギアを5基備えている。それぞれのギアは頑丈な脚に装着された直径3メートル超の巨大タイヤの束であり、離着陸時に機体の重量を支えて滑走する。巨大なギアは格納庫の扉を電動モーターで開けてやれば自重で下りる。

その作業がこの時点で完了したのだ。当たり前のことだが、着陸前にはギアダウンしてなければならない。それに加えて、ギアを出せば空気抵抗が増えて減速し高度も下がる。ギアダウンは二重の意味で着陸の準備だった。

この作業を実施したころ、１２３便は山梨県東部の大月市上空にさしかかろうとしていた。そのまま直進すれば、もうその先は横田基地の南側空域である。

18時40分41秒。

「あたまを下げろ」

機長が言う「あたま」とは機首のことだ。ここで機首を下げた１２３便は、この時点からこれまでになかった動きを見せはじめる。合計4回も大きな右旋回をくり返し、同時に高度を一気に下げはじめたのだ。ギアダウンを確認した後、機長は副操縦士にひっきりなしに指示を出し続けている。

18時41分00秒。

「あったま下げろ。そんなのどうでもいい」

18時42分17秒。

「あたま下げろ」

18時43分23秒。

「あたま下げろ」

18時43分47秒。

「もっと、もうすこし、あたま下げろ」

この数分の間、機長は失速回避のために出力を上げさせたり「おもたい」という言葉で機体の反応の鈍さを口にしたりもしているが、それを除けば一貫して機首を下げて機体を降下させている。油圧装置が利かない機体の機首を執拗に下げ続け、大きな旋回をくり返す。普通に考えれば、それは無謀極まりない操縦に見える。だが、着陸するには降下しなければならないし、降下させるには機体を傾けて旋回する以外にはなかった。

コックピット内で小刻みに繰り返される機長の指示と、それに応える副操縦士の機体操縦操作。123便は4回にわけた旋回で大月市上空を大きく一周し、その間に高度は約6600mから約1500mにまで下がった。機体を右に傾けながら大きく旋回しつつ、一気に5100mも降下したのである。

通常の旅客機の着陸であれば、もちろんこれほど急速に降下することはあり得ない。だが、500余名を乗せた機体に重大なトラブルを抱えている今、機長たちは着陸を急がねばならなかったし、目前に迫りつつある横田基地への進入のタイミングを逃すわけにはいかなかった。無謀にも見える大旋回の軌跡を高度と重ねてたどってみると、それが横田着陸を目指しての見事な螺旋状の降下だったことがわかる。

飛行高度が下がって密度の濃い空気の中を飛ぶようになり、垂直尾翼破壊発生以来続いていたフゴイド運動とダッチロールもこの時にはほぼ解消している。機体の安定もまた、着陸に欠かせない条件だ。降下と機体の安定。大胆な降下を敢行したクルーは、着陸のための条件を着実にクリアしつつあった。

スパイラル降下を遂げた123便は、再び機首を米軍横田基地の南側空域に向けて真っすぐ進みはじめる。そのタイミングで機関士が機長に尋ねた。

18時44分47秒。

「フラップどうしましょうか？　下げましょうか？」

巡航中は主翼後縁にしまいこまれているフラップを角度をつけて引き出すことで、翼全体の形が変わるとともに面積が広がって揚力が増える。こうして揚力を増やしつつ速度を抑えるのも、着陸直前の作業の一つだ。

フラップ下げを進言するこの機関士の問いかけに、機長が短く答えた。

「まだ早い」

これを聞いておうむ返しに機関士が確認する。

「まだ早いですか？」

機長は再び答えた。

「まだ早い」

人が「まだ早い」と言う時、それは、遠からずそのタイミングが来るから今は待てという意味を言外に含んでいる。

続けて今度は副操縦士が念押しするように尋ねた。

「ギア、下りてますか？」

即座に機関士が答えた。

「ギア下りてます」

フラップ下げのタイミングを相談し、ギアが下りていることを確認し合うクルー。無駄のない指示や確認が交わされるコックピットは、明らかに着陸の準備に取り掛かっていた。直進すれば横田基地の南側空域。そこで最後に左右いずれかに旋回し、滑走路の南側進入路に狙いを定めて降下すれば123便は横田基地に滑り込むはずだった。

＊

この時、着陸の準備に忙しいのはコックピットだけではなかった。

大月市上空で大きく旋回しているころ、客室には「着陸に備えて安全姿勢をとるように」という機内アナウンスがくり返された。乗客たちはシートベルトをしっかりと締め直し、ひざの間に頭を入れて両足首を摑むという安全姿勢をとった。

ＣＶＲ（コックピットボイスレコーダー）にこのアナウンスが登場するのは18時46分20秒だが、この前にも客室では同じアナウンスが出されていたはずだ。言い換えれば、乗客たちは自分たちの乗っている飛行機が緊急着陸態勢に入っていることを知っていたのだ。そのことがわかるのは、機内でこの時の模様を遺書の中に書き記していた乗客、つまり事件の犠牲者たち自身の「証言」が残されているからだ。

最終的に犠牲となった乗客の一人である村上氏は、18時45分から46分にかけてこう走り書きしている。

「機体は水平で安定している／着陸が心配だ。スチュワーデスは冷静だ」

この文面は、この乗客が緊急着陸のことを強く意識していたことを物語っている。

異常な破壊音の後に酸素マスクが下り、機体はフゴイドとダッチロールで滑るような揺れ。これらのできごとで、乗客たちは激しく怯えていたに違いない。機体に何が起きているのかは知るよしもないが、だからこそ何かのトラブルに見舞われている機体で着陸できるのだろうかという不安は大きい。だが、この走り書きの主は客室乗務員の冷静な態度の中に、緊急着陸はきっとうまくいくという祈りにも似た希望も見つけようとしている。恐怖や不安と一筋の希望と。短い走り書きの中に、着陸を目前に控えて揺れる心情がにじんで見える。

◆消えたボイスレコーダーの記録

だが、ここで一つ謎がある。

公式に事故調から発表されているCVR（コックピットボイスレコーダー）の中には、アントヌッチ中尉が輸送機の中で聞いたという横田管制と123便の間の交信に該当する会話が採録されていないのだ。123便が刻々と横田基地に近づいている時間帯。その時間帯のCVRには、123便から横田への着陸要請や着陸を受け入れる旨を伝えた横田からの通信が一切残っていない。アントヌッチ中尉が聞いた交信は削除されたか、その部分を伏せた形でしかCVRは公表されていないのである。

「いや、そんな会話などもともとなかったのだ」と考えることはできない。

その一つの証しは、この後しばらくして123便の針路が横田から逸れはじめる18時45分40秒以降になると、CVRにも横田管制から123便に向けて交信を促す呼びかけがくり返し登場してくることだ。その呼びかけは以後実に10回以上にも及んでおり、当時の横田管制が123便の乗客乗員の救出のために必死になってくれていたことが誰の目にもわかる。

だが、そうであればこそ、123便が横田基地に向けてまっしぐらに進んでくる最中にも両者の間には交信があったと考えるのが自然だ。常に準戦時態勢にあると言っていい米軍基地の管制官が、自分の基地に向かって救難信号を発しながら突っ込んでくる巨大なジェット機と一切交信しなかったなど、到底あり得ない話だろう。

おまけに先に述べた通り、普段からこの空域を飛行する民間機は横田の管制に服して飛行しなければならない規則だ。日常の航空管制上のルールという点から考えても、横田基地の至近に迫る大型機と横田管制との間に何のやりとりもなかったと考えるのはあまりに不自然だ。

では、なぜ123便が横田に近づいて来るときの交信は公開されていないのだろうか。極東の一大空軍基地までわずか1分の空域にまで迫り来る傷ついた大型旅客機と、基地周辺空域を厳重に管理する米軍管制官との交信記録の不在。このあまりに不自然な不在こそが、あぶり出しのように一つの事実を示唆する。123便が横田への着陸態勢に入っていたことを知られたくない者がいるのだ。ここでは記録の「存在」ではなく、あまりにも不自然な「不在」こそが大きな作為の証しである。

123便が横田への着陸態勢に入っていたことを知られたくない者。その者こそが、123便の墜落事件の決定的な鍵を握る。

4　阻止された緊急着陸——自衛隊による妨害

◆悲壮な懇願「このままでお願いします」

客室の乗客たちが恐怖や不安と希望の入り交じった中で着陸に備える間、123便は刻々と横田基地に近づいていた。

機関士が18時45分50秒に尋ねた。

「コンタクトしましょうか？」

そろそろ横田管制に着陸誘導を求めようかという意味だ。

機長がこれに答えた。

「ちょっと待って。コントロールだ」

まず機体のコントロールを。それを受けて機関士は、今度はこう尋ねている。

「どこへ？」

これに機長は直接答えず、例によって副操縦士に指示した。

「あたま下げろ」

指示に従って機体を操作しながら、今度は副操縦士の方が言った。

「えー、相模湖まで来ています」

〈郵便局まで来たから学校は近いぞ〉という時の「郵便局まで」と同じように、「相模湖まで」。それは、目的地近くのチェックポイントまでたどり着いたことを伝える言葉だ。相模湖は神奈川県相模原市の人造湖で、丘陵地帯に開けた湖面は空の上からもはっきりと見ることができる。横田基地までは時速600kmで飛べばわずか1分。副操縦士は目的地にどこまで迫ったのかという目安を、機長や機関士に伝えようとしていた。

相模湖まで来た今、この先どれだけ横田に近づいたタイミングで着陸誘導を求めるコンタクトをとるか。残る課題はそれだけだったはずだ。

ところがその直後、着陸に向けてテンポよく進んでいたコックピットの会話が突如中断される。

18時46分16秒、副操縦士と機関士は、機長が突然無線の向こうの誰かに懇願するのを聞いた。

「このままでお願いします」

続けて46分21秒にも、機長の口からは同じ言葉がくり返された。

「このままでお願いします」

機長はこれまで、コックピット内では一貫して簡潔な命令調、まるで兄貴分とでもいうような口調で言葉を発し続けてきた。その機長が、つい今しがたまでとはうって変わり、立て続けに敬語を使って懇願している。場違いに思えるほど、あるいは機長のガラにもないと感じるほどのお願い調。その懇願の相手は、果たして誰だったのだろうか。

ＣＶＲ（コックピットボイスレコーダー）に残された、二度の「このままでお願いします」という機長の声。ここでも不思議なことに、二度の懇願はまるで独り言のように宙に浮いた形で記録され、それに見合う相手の言葉を見つけることができない。

コックピット内の副操縦士や機関士とは今の今まで着陸に向けて歯切れよく会話していたのだから、懇願は彼らに向かっての言葉ではない。英語で交信しなければならない横田管制に向かって発した言葉でないのも明らかなことだ。

一方、トラブル発生以来断続的に交信を続けてきた東京管制との会話は日本語に切り替わっていたが、他の場面では管制側と１２３便の応答がかみ合う形で記録されているのに対し、この機長の「このままでお願いします」という言葉の前にはそれに見合うような管制側からの問いかけが記録されていない。

＊

ここは少し詳しく見てみよう。

18時45分50秒。

「コンタクトしましょうか」（機関士）

18時45分52秒。
「ちょっと待って。コントロールだ」（機長）
18時46分06秒。
「相模湖まで来ています」（副操縦士）
その直後、東京管制が割り込む形で一つの問いかけを発している。
18時46分09秒。
「羽田にコンタクトしますか」（東京管制）
その問いかけは、冒頭の「コンタクトしましょうか」という機関士の問いかけに対する機長の判断を確認しようとしたのだと考えられる。コックピットの音声を傍受していた東京管制は、横田とのコンタクトを意図した機関士の問いかけを羽田空港とのコンタクトのことだと勘違いし、羽田とのコンタクトの意思の有無を横合いから確かめてきたのだ。
だが、機長はこれに答えていない。
それから7秒間という長い沈黙が流れ、それから機長は唐突に言う。
18時46分16秒。
「このままでお願いします」（機長）
この言葉は、先の東京管制の問いかけへの答えとは考えられない。コンタクトするかという東京管制からの問いかけに対する答えなら、「お願いする」とか「必要ない」という趣旨の答えになっていなければならないからだ。東京管制もこの機長の言葉の意味を理解しかねたのだろう。直後に再度聞き直している。

18時46分20秒。

「コンタクトしますか」

会話がかみ合っていないことを、東京管制自身も感じていたのだ。

そのすぐ後に機長はおうむ返しのように、再びくり返した。

18時46分21秒。

「このままでお願いします」

それからまたもや6秒間もの沈黙が流れ、今度は東京管制が言う。

18時46分27秒

「はい、了解しました」

こちらの問いかけにかみ合わない、機長のちぐはぐな言葉。長い間を置いてみたり、おうむ返しに発したような言葉。それを管制官は自分なりに解釈し、機長は「コンタクトの必要はない」と返答してくれたのだろうと判断して会話を締めくくったのである。

だが、機長の方はそんなことに構っていない。二度目に「このままでお願いします」と言った機長は、それから11秒もしてから、今度はこんなことを言った。

18時46分33秒

「これはダメかもわからんね」

東京管制は交信を締めくくったつもりになっていたのだが、それとはまったく結びつかない形で機長は不思議な言葉を口にしたのだ。

一連の意味不明のやりとりから言えることは一つ。この間、機長は東京管制などとは話していなかったのである。

日航機飛行経路と東京都八王子市周辺の地図

日航事故機、横田基地に向けての飛行経路・状況（目撃証言による）：大月市上空旋回後→相模湖経由→八王子、美山→北北東→秋川上空→左旋回→日の出町、細尾→西北西方向へ→御岳山方向へ飛行

東京管制は、聞こえてくる機長の声を自分の問いに対する返事として受け止めようとした。だがこれは勘違いであり、聞こえていたのは機長が東京管制とは別の誰かと話し続けている言葉だった。その誰かとの会話をようやく終え、機長は横に座る副操縦士や機関士に「これはダメかもわからんね」とつぶやいたのだ。

「このままで」とお願いしなければならないということは、わざわざ頼み込まなければ「このまま」にはしておいてくれそうもない相手が無線の向こう側にいたことを意味している。「このまま」とは現在の飛行経路、すなわち横田基地への着陸に向けた針路のことだ。今は500余名の命のため、官民のあらゆる航空関係者から最優先で遇されなければならないはずの123便。その緊急着陸に向けた必死の作業の真っ最中に、機長が敬語を使ってまで着陸続行を懇願しなければならないほどの相手。それは通常の管制体制や日航の組織の外部の存在に違いなかった。そして「このままでお願いします」という懇願の後、機長が独り言のように言った「これはダメかもわからんね」という言葉は、その外部の何者かが頑として懇願を受け入れなかったこと、すなわち着陸の続行を拒否されたことへの絶望の言葉だった。

では、その何者かとはどこの誰だったのだろう。

◆対話の相手は恐怖の追跡者

この日、角田四郎氏は大月市南東にある「倉岳山」近くにいた。その時に見た光景を、同氏は著書『疑惑』（１９９３年）の中で記している。その記述によると角田氏は、１２３便が大きく旋回しながら降下した後に横田に向かう場面を目撃している。１２３便は右翼を下げての旋回をくり返し、機体の窓が一列に並んで見えるほどの低空飛行に移ったことから、角田氏も「東の方向にある横田基地に着陸するのでは」と思ったという。まさに横田基地への着陸を目指し、コックピットも客室もその準備に慌ただしかった時のことだ。

だが、角田氏はこの時、もう一つ重要なものを目撃している。旋回降下を終えて東に向かった日航機を追うように飛んでいく２機の小型機、自衛隊戦闘機の姿だ。１２３便を追う２機の自衛隊機。それは衝突事故の発生直後、状況確認のために百里基地から緊急発進させられたあのＦ４ＥＪだった。

＊

自衛隊幹部は無人標的機衝突の証拠を残さずに１２３便を葬り去る許可を政府首脳から取りつけ、その方針を追尾中の２機の自衛隊機に伝えた。ところが、その２機から基地に入ってくるのは、１２３便が操縦性を保っているばかりか、まずは羽田方面へ、やがて針路を修正して横田基地に一直線に向かっているという報告だった。

証拠を残さずに葬り去るはずの１２３便が、着陸態勢に入ろうとしている。それを知って慌てた自衛隊側としては、取り急ぎ一つのことを２機のＦ４ＥＪ戦闘機に実行させせなければならなかった。123便の横田への着陸を阻止することである。着陸さえさせなければ、飛行機はいつかは必ず墜落するしかない乗り物だ。

「このままでお願いします」。CVR（コックピットボイスレコーダー）の記録を読む限り、この機長の言葉に見合う他者の声は採録されていない。その音声は削除されていると考えるほかないのだが、その削除された交信相手の声がすぐ後ろに迫る自衛隊機のパイロットの声だったとしたら。その時、自衛隊機が高濱機長に何を語ったのか、私たちは想像するしかない。

〈横田基地への着陸を中止し、ただちに左旋回せよ〉

おそらくはこの種の命令じみた呼びかけが、自衛隊機から繰り返されたはずだ。すぐ後ろを追尾してくる自衛隊機からの呼びかけ。それは高濱機長から見れば、日航の会社組織や管制システムの外にある存在からの声であるだけでなく、民間機が抗うことのできない武力と権力を備えた者の声である。軍用機の行動原理を熟知する高濱機長は、すぐさま悟ったに違いない。

自衛隊機は、自分たちの着陸を阻止しようとしている。

だが、その自衛隊機の要求に、もちろん高濱機長は了解とは言えない。機長以下のクルーは、500余名の乗客の命を守る義務を背負っている。機体の操縦は、厳しい制約と不安定性は伴いながらも何とか可能であり、旋回降下した自機の眼前には横田の3000m滑走路が見えてこようとしている。何とかこのまま着陸したい。機長はそう思ったはずだ。それは、ぼんやりとした願望ではなかった。操縦に制約や不安定性が伴うからこそ、着陸場所は条件に恵まれた所でなければならない。一人でも多くの乗客の命を助けるためには、このまま横田への着陸態勢を続行することは譲れない決断だった。

だから機長は言った。

「このままでお願いします」

それは機長としての使命を賭けた懇願だったのだ。

だが、一方の自衛隊機パイロットもまた、軍事組織の非情な論理を背負わされている。組織防衛と自己保身、地位保全への意志で凝り固まった自衛隊最高幹部と、責任回避を第一に考える政府中枢。その命令が直接指揮を執る上官に伝達され、飛行中の自衛隊機にまで伝えられる。上から下に向かってよどみなく流れてくるこの命令を順守することが、任務中の自衛官にとっては至上なのだ。自衛隊は軍事組織であり、そのパイロットは命令があれば躊躇なく対象を攻撃し殺傷する訓練を積み重ねている。任務中の行動に個人としての人間的感情・正義・良心を差し挟む余地はない。機長の懇願にどんな思いを持ったにせよ、自衛隊機パイロットは上官の指示のままに次のように応答する他なかっただろう。

〈貴機は操縦不安定な状態にあり、着陸に失敗する可能性がある。付近の住民に重大な二次被害が出る。着陸を中止せよ〉

着陸を阻むための、これは理不尽な言いがかりというものだった。

緊急事態に陥った機体の操縦性を最も的確に判断できるのは、試行錯誤しながら機体を操作し続けているクルーだ。非常事態に陥った飛行機の機長の判断は他の何よりも優先され、地上はその行動を全面的に支援するのが世界の航空業界の常識である。しかも123便は劇的とも言えるスパイラル降下を成功させて機体を安定させ、横田空域に向けて直進している最中だ。そのこと自体、着陸するという機長の判断が独り善がりな自己過信などではないことを裏付けている。当の横田基地が受け入れると言っている今、機長の判断に横やりを入れる権限を持つ者は誰一人いないはずだ。

だから高濱機長も、懸命に自衛隊機を説得したに違いない。

123便は操縦可能であること。進入は横田管制からも許可されていること。この機会を活かすことが、犠牲を最小限にとどめるための最善の方法であること。そしてこの機会を逃せば、500余名の命が失われる危険性が高いということ。

かつて自衛隊に身を置き、軍事組織の論理を熟知する機長にとってこの説得は、追尾する自衛隊機のパイロットのみならず、それを操って着陸を阻止しようとする自衛隊という軍事組織そのものへの説得であり抵抗だったはずだ。

だが、すでに権力者たちの強い意志は着陸の阻止、そしてあらゆる証拠の抹殺で固まっていた。その指示を受けて飛ぶ自衛隊機は、「このままでお願いします」という機長からの二度の懇願を拒否した後、機長に次のような意味のことを告げたはずだ。

〈このまま着陸を続行した場合、本機は阻止するために実力を行使する〉

自衛隊機が言う実力とは武力に他ならないことを、自衛隊出身の高濱機長はすぐに理解しただろう。このまま着陸態勢を取り続ければ、追尾する自衛隊機から武力攻撃を受けかねない。それを聞いた機長は、断腸の思いで言うほかなかった。

「これはダメかもわからんね」

後に、123便の墜落後、同便がじつは横田基地と連絡を取りながら着陸態勢に入っていたことを記録から消し去った者。横田を目前にした機長と自衛隊機との間で交わされた通信を消し去った者。そして横田への着陸を阻止するように自衛隊機に命じた者。それは、無人標的機衝突という不祥事を隠し通そうと決意した極悪非道な権力者たちだった。

◆機長の最後の賭け

「これはダメかもわからんね」

機長の口から「弱気」とも取れる言葉が漏れたのは、この時が最初であり最後だ。これは単なる落胆の言葉ではなく、乗客たちを生還させるための最大のチャンスを奪われた絶望、断腸のつぶやきだったに違いない。そのつぶやきの後、123便は自衛隊機の指示に従うように左旋回して針路を北に転じた。

だが、この後に123便がたどった飛行経路を目撃証言によって追ってみると、機長はぎりぎりまで横田着陸の可能性を探っていたことがうかがえる。

墜落事件の翌日、85年8月13日の朝日新聞朝刊は、次のような目撃証言を掲載している。東京都西多摩郡五日市町の男性は言う。

「（前略）町の南側にある今熊山（八王子市美山町）の方向から大きな飛行機が現れ、北北東の方向へ水平にゆっくり飛んでいた。秋川や町の上空を横切って日の出町方向の山へ消えました。五日市高校の上空あたりを飛んでいる様子でした。横田基地に降りると思いましたが、普段米軍機は低空でこんな所を飛ばないので、墜落するのでは……と感じました。時間は18時45分ごろの20～30秒です」

それは横田基地まで約10㎞のところまで東進してきた１２３便が左旋回し、北上に転じたことを物語っている。だが、それは南北方向に長い横田基地に沿うように飛ぶことを意味するから、横田との距離はまだ開いていない。そのまま北上すれば、先ほどまでとは反対の北側進入路から横田基地に着陸する可能性はまだ残されている。

ところが、北上したその先で１２３便を目撃した西多摩郡日の出町の男性の証言になると針路はさらに大きく変わる。

「午後7時ごろ、畑の草むしりをしていた時、轟音に気づき、空を見た。東南東より巨大な旅客機が道ぞいにこちらに向かってきた。あっという間に真上を通過し、西北西の御岳山の方に消えた」

先の目撃証言では横田基地に沿うように北上していた１２３便が、この日の出町付近でさらに左に旋回し、横田に背を向けて西北西へと向かいはじめているのだ。

この横田との別れの間際、ＣＶＲにコックピット内の異常な音声が記録されている。

まず18時48分51秒、突然機長がエンジン出力を上げるように強い口調で命じた。

「パワー、パワー」

その直後、10秒近くにわたってＣＶＲには機長の荒い呼吸音が記録されている。

「ハー、ハー、ハー、ハー」

異変発生以来、冷静に事態に対処してきた機長の口から、他の場面にはないあえぎ声が漏れているのだ。

この時の機体の動きをデジタルフライトデータレコーダー（ＤＦＤＲ）でたどると、同じタイミングで速度や加速度、高度が大きく変化している。先ほどの目撃証言と突き合せれば、この大きな変化を機に１２３便は西寄りに針路を転換し、とうとう横田基地とは反対方向に向かいはじめたのだ。

横田基地への着陸続行の懇願が拒まれ、「これはダメかもわからんね」という無念の言葉を発して２分あまり。この後１２３便は自衛隊機の指示に従って針路を変えたように装いながらも、横田基地と並行して北上してきた。そのまま横田基地の北側空域に出た所で意表をついて右旋回すれば、先ほどと反対側の北側進入路から着陸できる。いったんは自衛隊機の命令に応じて左旋回して北上してみせ、タイミングを見て北側から着陸を敢行。そう考えるなら、横田基地の北側空域に到達したときこそが、基地に着陸できる最後のタイミングだった。CVR（コックピットボイスレコーダー）のマイクが拾うほど荒い機長のあえぎ声はまさにそのタイミングで記録され、その直後に123便は今度こそ横田から遠ざかり始めた。

ここでも私たちは推論するしかない。追尾する戦闘機のパイロットなら、123便が滑走路北側から着陸する可能性を打ち砕くために何をするだろうか。

123便の右側に急接近するF4EJの機影が脳裏に思い浮かぶ。戦闘機が民間機の真横に急接近して「幅寄せ」のように威圧すれば、それだけで不安定な飛行を続ける民間機を操縦している者は恐怖を感じるはずだ。さらに威嚇射撃を行えば、いかにベテランパイロットといえども、それをかいくぐって着陸を強行することはもはやできない。横田への着陸の最後のチャンスとなる右旋回を阻止するための何らかの威嚇。それを受けた驚きと恐怖が、コックピット内でのあえぎ声の正体だったとしたら……。

もはや機長たちには、自衛隊機の指示に従って横田に背を向ける他、道は残されていなかった。先にも述べたとおり、この後も123便は横田から再三再四の呼びかけを受けているが、機長らはその呼びかけに一切答えていない。そこに私は、クルーの大きな絶望と断念を読み取る。

「もし、権力者の横田基地への着陸禁止命令がなければ、全員が助かっていたんだよ」と霊前に供えることしかできない遺族を、520名は、犠牲者は、許してくれるだろうか。

5　事故調「圧力隔壁破壊説」の虚構

◆多くの事実を「なかったこと」にする事故調報告書への疑問

一度は消えたはずのベルト着用サインの再点灯。

乗客が窓越しに撮影した飛行物体。

破壊音直後、間髪入れずに発信されたスコーク77。

羽田、次いで横田方向を目指していたとしか考えられない飛行経路。

大月市上空でのスパイラル降下。

そして、横田基地を目前にした空域で起きた突然の針路変更と、機長のあえぎ声。

これら一つ一つは、いずれも１２３便に何が起きたのかを解明するために欠かせないできごとだ。これらのできごとに、どのような意味や解釈を与えるのか。それについては、さまざまな考え方があるだろう。だが、最終的にどのような解釈に立つにせよ、これら一つ一つのできごとに分析を加えた上でなければ、墜落事件の全容を描く推測は仮説としてすら成り立たない。

例えば一個のできごとを偶然起きた無意味な現象に過ぎないと考えるなら、それが「偶然」であり、「無意味」であることを科学的に立証しなければならない。それが事故調査というものであり、その科学的立証をくぐらない限り万人を納得させる説明にはならない。後述するが、そのためには「帰納法」という推論手法を用いて事故調査が行われなければならないのである。

ところが、事故調が発表した報告書には、右の一連のできごとについて丁寧な分析や検討を加えた形跡が見当たらない。それぞれのできごとは分析や検討の対象にもならずに「なかったこと」にされているか、さもなければ操縦不能に陥った機体の「迷走飛行」として一括して片付けてしまうか。そのどちらかである。それは、123便の墜落原因を後部圧力隔壁の破壊による操縦不能に求めるあまり、そのシナリオに不都合な事実から目をそむけた無理の表れである。その結果、説明不能なできごとが積み残され、かえって強く印象付けられてきた。報告書への信頼は揺らぎ、一連の疑問をより合理的に説明するための異論が数多く生まれることとなった。この不当な推論手法は「演繹法」と呼ばれるもので、これも後述する通り、事故調査では本来なら絶対に使ってはならない手法である。

報告書に対するこれら数々の異論をたどると、その多くがある一つの点で共通した見方をしていることがわかる。報告書は123便が墜落に至った根本要因を相模湾上空での後部圧力隔壁の破壊だとしている。だが、多くの人々がそもそも圧力隔壁の破壊など起きていなかったと考えているのだ。

プロローグで述べたように、後部圧力隔壁とは気圧の低い高空を飛ぶ飛行機内の与圧を保って密閉するボンネット状の壁だ。その壁が修理ミスによる劣化で破損。破損箇所から一気に機内の空気が噴出して垂直尾翼や機体尾部、油圧系配管を破壊し、操縦不能に陥った１２３便は墜落した……。おおざっぱにまとめれば、事故調の描く事件のシナリオは以上のようなものだ。

このシナリオがニュースや新聞などで報じられた時、「圧力隔壁」という言葉を初めて知った大勢の人たちが「そうだったのか」と思ったものだ。空気の薄い上空で隔壁が破壊されれば、与圧された機内の空気が外に向かって噴出していく。その噴出エネルギーは大きいから、機体後尾が壊れることはいかにもありそうな話ではないか、と。

けれども、私たちはそこで「逆」に考えなければならなかったのだ。

たしかに高空を飛行している最中に圧力隔壁が破壊されれば、そこでは激しい空気の噴出が起きる。その科学的な事象自体が、１２３便の墜落事件では隔壁破壊が起きなかったことを雄弁に物語っていたのである。

◆隔壁破壊によって起きること

圧力隔壁の破壊が起きたとき、高空を飛ぶ飛行機には何が起きるのか。まず、それを確認しておこう。日航ジャンボ機墜落事件から1年余り後に同じ日本の空で起きたある航空機事故が、実際の隔壁破壊の様子を如実に物語っている。

86年10月26日、高知県土佐湾上空を飛行中のタイ航空機Ａ３００型機の機体後部トイレで、暴力団員が持ち込んだ2個の手榴弾が爆発した。トイレは大破し、その後ろにある直径3メートルの後部圧力隔壁の約3分の2が破壊されてしまった。機内はたちまち修羅場と化し、シートベルトを着用していなかった乗客が前の座席や機体の壁に宙に浮いた体を打ちつけるなどした。多くのけが人が出る中、人々は手探りで酸素マスクを着用し、祈るような気持ちで着陸を待ったという。その後同機は、隔壁部が大破したにもかかわらず垂直尾翼の破壊もなければ油圧装置の破壊もなく緊急態勢を敷いた大阪空港への着陸を成功させて全員が生還したが、けが人は109人にも上った。

以上のような経緯をたどったこの事件は発生経緯がはっきりしており、飛行中に後部圧力隔壁の破壊が起きたことには疑問の余地がない。したがって、このタイ航空機に何が起きたかを見れば、圧力隔壁の破壊が何を引き起こすのかを知ることができる。

機体を密封していた隔壁が破壊された結果、地上とほぼ同じに保たれていた機内の与圧空気が強い風となって破壊部分に向かい、機体最後部の洗面所の化粧台を倒壊させながら噴出していった。これと同時に機内の気圧は一気に下がった。急減圧と呼ばれる現象である。急減圧によって乗客247名中89名が航空性中耳炎になり、耳の痛みを訴えただけでなく、その時に撮影された機内写真には落下した酸素マスクと床に散乱した無数の荷物が写っている。急減圧で強い風が吹いたことの証しであり、生還した乗客たちも暴風が前から後ろに吹き抜けたと語った。

類似の航空機事故の例でも機内の人が中耳炎に見舞われ、隔壁損傷部に向かう激しい空気の流れが生まれて紙切れや小荷物、時にはトイレなどの大きな備品や人間までもが大空に吸い出されている。たしかに噴出エネルギーは大きく、機内に台風並みの暴風を引き起こすのだ。

１２３便で圧力隔壁の破壊があったのなら、同便でもタイ航空機同様に機外に噴出していく強い空気の流れが発生していなければならない。機内を暴風が駆け抜け、物は散乱して吸い出され、多くの乗客が急性の中耳炎や失神に見舞われていなければならない。

では、実際はどうだったのだろうか。

◆客室乗務員・落合由美さんの目撃証言

何度か紹介してきたように、日航機墜落事件では奇跡的に4名の乗客が生還し、墜落までの機内の状況や墜落後の様子をそれぞれに証言している。中でも機内の状況を詳細に語った落合由美さんの証言は、後部圧力隔壁の破壊があったかどうかを考えるための重要な手がかりを与えてくれる。

落合さんは日航の客室乗務員であり、この日は別路線での勤務後に乗客として乗り合わせていた。彼女は約３４００時間の飛行歴を持つアシスタントパーサーで、機体各部の配置や構造をよく知るのはもちろん、飛行中に起こり得るトラブルについての知識も訓練経験も豊富だ。

しかも、その落合さんが座ったのは、機体最後部に近い56Ｃ席。彼女は機体に異変が起きた時、問題の後部圧力隔壁に極めて近い位置にいたのである。

墜落事件後、落合さんはけがの療養中に長時間インタビューに応じている（吉岡氏前掲書、1986年）。そこでの証言によれば、まず自分の席の後方の天井あたりから「パーン」という大きな音がして、思わず天井を見上げたという。後部圧力隔壁は彼女が座っていた席の後方にあるのだが、音は後方からではなくその「上」から聞こえてきたというのだ。

続いて彼女はエレベーターに乗った時のように耳がツンと詰まる感覚に気づくのだが、それはすぐに直った。また、パーンという音と同時に白いもやが出たが、それも数秒で消えた。しかもそのもやが流れるような空気の流れは感じなかったと、彼女はこのインタビューの時点で明確に語っている。荷物などが飛ぶということもなく、機体の揺れはほとんど感じなかった。破壊音の直後に酸素マスクが下りてきたので装着したのだが、しばらくして酸素マスクを外してみても苦しさは感じなかったという。

さらに藤田日出男著『隠された証言―日航123便墜落事故』（2003年）では、落合さんに事情聴取したアメリカの国家運輸安全委員会（NTSB）調査員の内部資料が紹介されている。それによると日本の事故調側はみずから「急減圧」という言葉をしきりに口にして質問を重ね、落合さんから急減圧があったという証言を得ようと一生懸命だったようだ。航空機事故に関する知識の豊富なNTSBの調査員は、隔壁破壊に伴う「機内空気の動き」と「風切り音」について質問している。

落合証言—衝撃音の発生場所と座席との位置関係

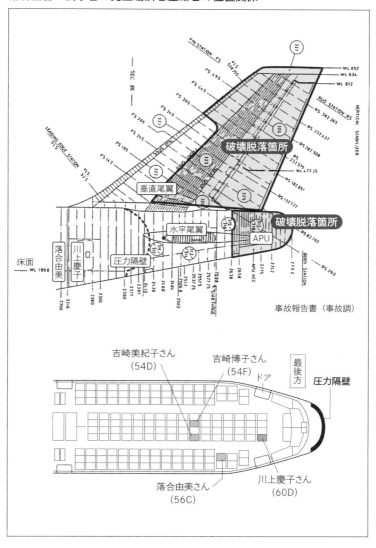

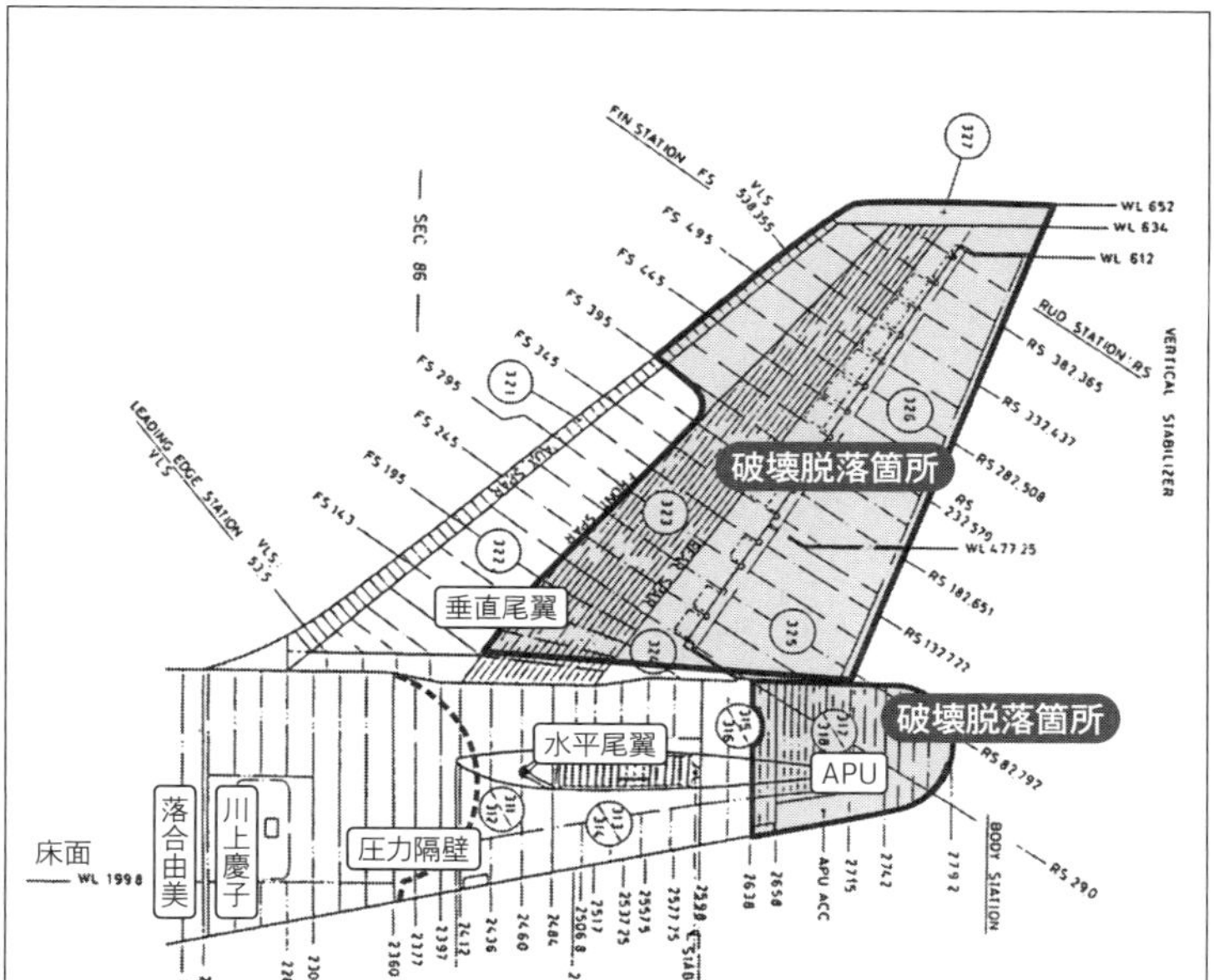

事故報告書（事故調）

「急減圧が起きたとき、客室の『もや』は室内のどちらの方向に流れていったかわかりますか」

「空気がどちらかの方向に噴出するように流れるように感じましたか？」

「急減圧が起こった後でその音（「パーン」という音）以外の音、雑音の類が聞こえましたか？」

ところが、これらの質問はことごとく空振りする。落合さんはこう答えているのだ。

「流れるという状況でなく、留まっている状況で、そう長い時間でなく、比較的、短い時間で『もや』が消えた」

「（空気は）流れていない」

「（風切り音は）別にありません」

質問者はどうにかして急減圧の徴候を見いだそうと懸命に質問しているのだが、落合さんはそれをことごとく否定したことになる。

同じ事故調の航空自衛隊医官による事情聴取でも、落合さんは急減圧を否定する証言を繰り返している。急減圧が発生すると酸素不足で具合が悪くなる人が出るものだが、そのような人はいなかったか。その点を問う医官に対し、落合さんはこう答えている。

「ええ、具合が悪くなった人はいなかったです」

「救命具をつけている時は、みんな酸素マスクを外してやっていた状態です」

極めつけは、耳がツンとした時の様子を詳しく説明したくだりだ。そこで落合さんは、急減圧時は機内が真っ白になると教わっていたがそれほどでもなかったし、耳もつまった感じはしたけれど痛いという感じでもなく、短時間でおさまってしまったと述べ、自分が教わっていた急減圧との違いを口にした。

「それと比べると……あの、急減圧っていうよりも」

こう言いかけた落合さんの言葉を、医官が引き取って言った。

「(急減圧)って言う感じはない」

「はい」

これを聞いた医官は、白いもやも　すぐ消えたことを確認した後、こう尋ねた。

「それで、その後はもう普通、いわゆる普通の状態？」

落合さんの答えは単純明快だった。

「はい」

破壊音の後、圧力隔壁が破壊されたら当然起きるはずの強い空気の噴出による風は全く吹かず、空気が噴出する際の風切り音も聞こえなかった。物が散乱するなどのことも起きなかったし、酸素は不足せず、急性中耳炎になるような気圧変化もなかった。急減圧の有無という観点から見た機内はごく「普通」の状態だった。機内が整然とした状況だったことは、あの窓の外の点影に気づいた乗客が写した機内写真でも歴然としている。

◆エンジン操作で飛行できた123便

もう、これ以上、紙面を費やす必要はないだろう。先のタイ航空機の例と落合さんの証言とを比べれば、結論ははっきりしている。123便では圧力隔壁の破壊は起きていなかったのだ。知識も経験も豊富な客室乗務員であり、墜落の恐怖を味わった被害者でもある彼女は、墜落事件の原因を解明したいと思いこそすれ、わざわざ嘘を述べようなどと思うはずがない。その彼女からこれだけ明確な証言が繰り返されている以上、急減圧を必然的に引き起こす後部圧力隔壁の破壊はなかったと結論付けるほかない。

ところが、4度にもわたる事情聴取で貴重な証言を得ながら、事故調の報告書はどういうわけかその証言内容を一切無視して圧力隔壁破壊説を主張している。つまり、「圧力隔壁の破壊で機体が損傷し、操縦不能に陥って墜落」というシナリオは、そもそもの出だしのところで決定的証言を無視して作られた虚構なのだ。

また、圧力隔壁破壊説では、ボーイング社による隔壁の修理ミスが機体破壊の根本的な原因だったとされる。ところが当のボーイング社は修理ミスを犯したことこそ認めたものの、圧力隔壁が破壊しても垂直尾翼は破壊されないと堂々と主張している。おまけに同社は、事故機が推力レバー等を操作することによって操縦できたことは明らかだとまで主張しており、圧力隔壁破壊が操縦不能ひいては墜落につながったという事故調のシナリオを認めていない。事故調が墜落事件のいわば「主犯」扱いしたボーイング社が、平然と事故調のシナリオを否定しているのだ。

出だしから生存者の証言との間に大きな矛盾を抱え、「主犯」扱いした相手のボーイング社からさえ公然と疑義が出るシナリオを描いた報告書。だが、それでもこの報告書のシナリオが正しいと政府が本気で信じるなら、その「本気度」を示すチャンスはあった。

失われた垂直尾翼のごく一部は数カ所から見つかっているが、全体の7割近くはAPU（補助動力装置）とともに相模湾海底に沈んでいると考えられている。その残骸を引き揚げて復元し、損傷具合を分析すれば、機体の破壊が圧力隔壁破壊によるものか外部からの破壊かどうかはたちまち明らかになる。本来なら、さまざまな疑義を突きつけられた政府こそ、率先してその引き揚げに全力を挙げ、事故調シナリオの正しさを立証して見せなければならなかったはずだ。

ところが、当時の中曽根政権は海底探索を早々に打ち切り、原因究明に最も重要な部分の残骸は今も未回収のままである。その姿勢はまるで、残骸を海底から引き揚げることで圧力隔壁破壊説の虚構性が立証されるのを恐れているかのようであり、さらに機体残骸とともに何か別のものが発見されてしまうことを恐れているようでもある。

◆もともと緊急着陸は「安全な着陸」ではない

さらにここではもう一つだけ、事故調の描いたシナリオの作為性を、一人の遺族として述べておきたい。

圧力隔壁破壊説に立つ報告書は、１２３便は不安定な状態での飛行こそ継続できたが、「機長の意図通りの飛行」は困難で、安全に着陸、着水は不可能だったと述べ、だから墜落したのだという結論を導く。「意図通りの飛行」が困難という報告書の記述が「操縦不能」「制御不能」に陥ったという意味であるなら、それはこれまで見てきたように事実とは異なる。操縦も制御もできない飛行機が32分間も飛べるはずはないし、大月市上空での右旋回しながらの降下飛行は、機長らが機体をコントロールできていたことの証しだ。また、ボーイング社もＦＡＡ〈アメリカ連邦航空局〉への書簡で「１２３便は旋回、上昇、降下飛行して長時間飛んでいた」と述べ、１２３便が操縦できていたことを認めている。一方、「意図通りの飛行」が困難という記述が、完全な意味で「意図通りの飛行」ができないという意味であれば、それは飛行機やそのパイロットにとっては当たり前のことでもある。35年以上も活躍した日航の某パイロットは、〈常に理想的な航行や着陸に向けて努力しているが、えてして思い通りに行かないことが多く、接地点がずれたりストンと着地してしまったりして後悔する羽目になることも多い〉と述べている。このように「意図通りの飛行」の困難を際立たせようとする事故調の記述は、どちらにしても実態とはかけ離れた意図的な言葉に思える。意図通りの操縦ができず、安全に着陸できなかった。だから、あとは墜落するしかなかったのだという印象を与えるための言葉だ。ここに私は、論理をすっ飛ばしてそそくさと話を先回りさせようとする意図を感じる。

垂直尾翼を失い、油圧系統のすべてを失った機体に、もともと「安全な着陸」など望むべくもない。そんなことは、わかりきった話ではないか。墜落原因の検証で重要なのは、その先にあるはずだ。「安全な着陸」はできないとして、いくらかの危険の伴う着陸ならどうだったのか。乱暴な言い方をするなら、全員無事とはいかなくとも、墜落よりはマシな結果になる可能性はあったのではないか。それなのに、生存率が50％でも30％でも10％でもなく、わずか0・7％という大惨事になったのはどうしてなのか。損傷しながら32分も飛行していた機体が、なぜ突然墜落したのか。

そこを検討することなく「安全な着陸ができない」ということが「墜落した」という結論へと飛躍する三段論法の報告書は、墜落原因について何かを言っているように見えて実は何も言っていない。操縦可能だった可能性や緊急着陸、不時着の可能性からあらかじめ目を背け、どのみち墜落するしかなかったのだと言外にあきらめを強いているのだ。

だが、事実は異なる。

高濱機長以下のクルーは横田着陸を断念させられた後もなお、一人でも多くの命を救うための努力を続けた。危険を伴うとしても、全員が墜落死するよりは少しでも救いのある結果を残そうという意思を、彼らは最後の瞬間まで捨てなかったのである。

6　不時着への挑戦

◆長野県川上村のレタス畑

広々とした高原の空が真っ黒い影に覆い尽くされた。85年8月12日、19時前のことだ。長野県東南に位置する南佐久郡川上村。村の東部を占める梓山地区に開けた広大なレタス畑の真上の空に、突如として超低空で飛ぶ巨大なジェット機の機影が現れたのを多くの村民が目撃した。

川上村は北辺から東、南にかけての周囲を奥秩父の山塊に囲まれた谷あいの村だ。山塊に谷を刻んで流れ下った水を集める千曲川源流沿いの平地は、村の西側で八ヶ岳の裾野、野辺山高原へと連なる。村の中心部で標高1300メートル。低温のせいで稲作は振るわないが、夏でも冷涼な気候と夜間と昼間の寒暖差は、レタスやキャベツといった高原野菜の栽培の適地だ。戦後、朝鮮戦争が始まって米軍からのレタスの注文が急増したのを機に高原野菜の作付けが一気に増え、レタス畑は70年代終わりに1000ヘクタールを超えた。以来、川上村はレタス生産日本一の村として知られるようになった。

レタス畑の一角にたたずむと、遠方の山々の尾根が作る平地の外縁まで大地を青々と育ったレタスが埋め尽くしているのが見渡せる。その景観は、分厚い緑のじゅうたんを敷き詰めた巨大なお盆のようだ。

　レタス栽培は5月から8月にかけて繁忙期を迎え、早朝から夜まで村人たちの畑仕事が続く。8月12日もそんな農繁期の一日だった。角田四郎氏の『疑惑』（1993年）には、この日、農作業を手伝っていた元村民の公務員が巨大な機影を見たとの証言が紹介されている。

　数人が手分けして取り組んでいた農作業は、レタスへの消毒剤の散布。日が沈んでからも作業は続いていた。あたりが薄暗くなった19時近く、この公務員はレタス畑の東南に見える標高2475メートルの甲武信ヶ岳《こぶしがたけ》の北側の尾根から、突然大型ジェット機が姿を現すのを見た。大型ジェット機が埼玉・山梨方面から山を越えて長野側に入ってきたのを見て、畑に出ていた人々は思わず農作業の手を止めてぽかんと頭上を仰いだに違いない。こんな方角から大型機が姿を現すことなど、これまでになかったことだからだ。

　大型ジェット機は尾根を越えると、レタス畑に舞い下りるかのように突っ込んできた。畑のど真ん中で呆然と空を見上げる村人。巨大な機影はそのほぼ真上をかすめ、ゆっくりと西方向に向かっていく。頭上を通り過ぎる巨大な機体の腹に石を投げたら当たるのではないか。そう思えるほどの超低空飛行だった。

　高原の夕空を黒いシルエットになって覆う大型ジェット機の機影。東京の横田基地への着陸を断念させられた後、機首を西北西に向けて飛んできた日航123便だった。

横田基地に着陸するラストチャンスとも言える地点で、123便は横田とは逆方向に旋回しなければならなかった。その直前と思われる時刻、CVR（コックピットボイスレコーダー）には機長のあえぐような荒い呼吸が記録されていた。そのあえぎ声に、私は追尾してきた自衛隊機による着陸妨害と左旋回の強制を読み取る。その理由の一つは、この左旋回が操縦不能による迷走などではなかったことがその後の飛行経路から一目瞭然だからだ。

＊

東京都西多摩郡日の出町付近で機首を北西に向けた123便は御岳山をかすめて奥多摩町（東京都）へと進み、険しさを増す秩父山系に沿うようにさらに北西へと飛んだ。雲取山を過ぎ、山梨県の北辺をたどって飛んだ先にあるのが甲武信ヶ岳。この甲武信ヶ岳を越えれば長野県川上村だ。この川上村にさしかかるまでの間、123便は一度として無駄な蛇行や旋回をしていない。横田に背を向けた後、ほぼ一直線に川上村を目指しているのだ。横田に背を向けた後も、123便は迷走飛行などしてはいなかった。

横田に背を向けてから川上村上空まではおよそ6分。それは、徐々に険しさを増す山々をかわしながらの飛行だった。CVRによれば高濱機長は操縦桿を握る佐々木副操縦士に失速（ストール）を警告して推力調整を促しているほか、たびたび機首の上げ過ぎや下げ過ぎを修正させている。

そのやりとりの中に、再びフラップ下げをめぐる会話が登場するのは、奥多摩湖を過ぎて山梨県に入るころだ。１２３便はこのころ、時速４０７㎞で飛行中だった。18時51分から52分にかけ、コックピット内の３人は頻繁にフラップの作動状況を確認し合っている。機長は機首下げを命じた後、18時55分04秒にもう一度フラップの作動状況を確認した。

「フラップ、下りるね」

これに副操縦士が答えている。

「はい、フラップじゅう（下げ角「10」のことと思われる）」

横田基地目前の場面で見たように、フラップ下げは着陸降下のための欠かせない操作の一つだ。時速４０７㎞で飛行している機体が、機首を下げながら「フラップ10」の操作。じつはそれとよく似た操作が、他の航空機の緊急着陸の場面でも行われている。

94年12月11日、成田空港に向かっていたフィリピン航空４３４便が沖縄県南大東島付近を飛行中、テロリストが仕掛けた時限爆弾が機内で爆発した。乗客１名が死亡したほか、油圧系統が破壊されて自動操縦はできなくなった。この機の機長も１２３便の高濱機長らがそうしたのと同様、手動操作によってエンジン出力を調整しながら操縦を試み、沖縄の那覇空港への着陸を決断する。この時、機長が最後の着陸態勢に移る時に出した指示が、「時速４１７㎞、フラップ10」だった。降下したフィリピン航空機は無事に那覇空港に緊急着陸し、爆死した１名以外の乗客乗員は全員無事に生還している。

山間を飛行してきた123便のコックピットで飛び交った指示と確認をたどると、このフィリピン航空機の着陸開始時の態勢とそっくりであることに気づく。ここから言えることは一つ。123便はレタス畑への不時着を敢行しようとしていたのである。

◆危険を賭しての不時着

甲武信ヶ岳を越えて長野県側に入ると、空からは傾斜地が川上村梓山地区へと続き、その先に広大な畑地が広がっているのが見えるはずだ。梓山地区のレタス畑は西北西方向に延びる長さ約2㎞、幅およそ600mの細長い平地だ。そのはるか先の突き当たりに扇平山がそびえているものの、畑地そのものはほぼ平坦。もしも胴体着陸を試みることができるなら、畑の柔らかい土とじゅうたんのように生い茂るレタスは機体が受ける衝撃をやわらげてくれるかもしれない。一般論として言えば、山岳地帯の一角に唐突に開けた広大で平坦な高原は、不時着を試みるのに望みの持てる場所に思える。

だが、この時の123便にとって、ここは「安全な着陸」はもちろん、不時着を試みるにも過酷な場所と言わざるを得なかった。すでに出してしまったギアは油圧装置が使えないから再格納できない。柔らかな畑地を約360トンの機体がギアで滑走すれば機体はつんのめり、姿勢を崩して回転、横転し破壊され、墜落と同じ事態が起きる可能性が高い。畑地の傾斜や無数の小さな起伏の一つ一つも、機体の姿勢を崩す落とし穴だ。しかもこの平地には千曲川源流が走り、川沿いの一角には民家が集まる。それを避けて不時着するにはどの方向で進入し、どのタイミングで機体を接地させればいいのか。滑走路のような進入の目印は何一つないから、すべてはクルーが目視で判断しなければならない。機体からレタス畑の全体を眺められるのは甲武信ヶ岳を越えてからであり、見極めの時間は限られている。着陸操作が一瞬でも遅れたり進入方向を誤ったりすれば、平地突き当たりの扇平山に衝突する危険が待ち受けている。……と、こんな具合に悪条件ならいくらでも並べられる。はっきり言えば川上村への不時着は、相当数のけが人、場合によっては犠牲者が出ることまでも覚悟しなければならない危険な挑戦だった。

だが、今や機長の選択肢は限られている。はるかに安全に着陸できた横田基地への進入を自衛隊機によって阻止された時から、524名の命は無傷で助かる可能性を限りなく狭められているのだ。それでも一人でも多くの命を救うという使命に照らせば、死傷者を出すリスクを背負ってでも123便は不時着に挑むしかなかった。危険を覚悟で不時着しない限り、全員の墜落死という最悪の事態が待ち構えているだけだ。

ここに降りるしかない。「石を投げればぶつかるほど」の超低空まで降下した黒い機影は、不時着を決意した高濱機長の悲壮な決死の覚悟の輪郭だった。

◆謀殺の意図による「不時着」誘導

ここまで考えてきたとき、一つのことに思い当たる。

不時着の可能性がありそうに見えながら、一歩間違えば大破炎上のリスクもある高原のレタス畑。この場所を目指すように指示したのは、追尾する恐怖の自衛隊機だったかもしれないのである。この場所に誘導して不時着を試みさせれば、自衛隊機は手を下すことなく目的を達せられるかもしれないのだ。目的とは123便を乗客乗員もろとも目撃証人を墜落四散させ、事の発端である無人標的機衝突の痕跡を消し去ることである。

飛行機は通常でも滑走路に障害物を見つけたり、進入の方向や角度の誤りに気づいたりしたときは着陸を中止して再上昇に転じる。強風などによって機体の姿勢が安定せず、ぎりぎりの段階でやり直しを決断する場合もある。これらのやり直しは「着陸復航」と呼ばれる。空港は滑走路の両方向の進入路を十分確保しているから、降りかけた飛行機が着陸復航に踏みきっても危険は少ない。また、通常の機体なら操縦桿を引けば機体はすぐに上を向くから、操作手順を誤らない限り飛行機は安全に再上昇できる。

だが、123便と川上村のレタス畑の関係はそれとは違う。

クルーにとっては初めて見るレタス畑だから、不時着の可否を判断する時間的余裕は乏しい。「着陸復航」の決断が遅れると再上昇も遅れ、立ちはだかる山に激突するかもしれない。おまけに油圧系統を喪失しているから、急上昇自体が容易ではない。ここ川上村は不時着だけでなく、それを断念した時の着陸復航にも圧倒的な危険が伴うのだ。

それは、自衛隊側にとっては好都合この上ないことだろう。

すでに自衛隊側は、１２３便が油圧系統を喪失して操縦性が制約されていることを知っている。危険の伴う不時着を「誘導」という名のもとに強いれば、自衛隊機が何をしなくても１２３便の方で不時着に失敗するか復航し損なうかして大破炎上してくれるかもしれない。横田への進入を阻止した段階で、自衛隊側がそう考えたとしても不思議ではなかった。横田基地への着陸の代替案として不時着地を指定して誘導してやる方が機長に横田着陸を断念させるには好都合という判断から、交換取引を持ち出しての巧妙な謀略、罠だったかもしれない。

１２３便は何故か真っすぐ山岳地帯に針路を向け、川上村に向かってほぼ一直線に飛んできた。その不思議な飛行経路の背後には、こんな謀略が潜んでいた可能性がある。

そう考えるのには、もう一つ理由がある。事故調が報告書の中で発表した飛行経路図の中では、なぜか１２３便は川上村上空を通過していないことになっているのだ。

川上村のレタス畑では、「石を投げたらぶつかる」ほどの超低空で飛ぶ１２３便を多数の村人が頭上に見ている。ところが事故調はそれほど明らかな目撃証言をなぜか無視し、同便が川上村の東方を通り過ぎたかのような経路を図示している。おまけに「石を投げたらぶつかる」ほどの超低空飛行が目撃されたというのに、事故調が発表したこの付近での飛行高度は３６００ｍから３９００ｍ。標高１３００ｍ程度の川上村で超低空を飛んだ飛行機が、その倍以上の高度で飛んだことにされているのである。

あの落合証言を無視して「圧力隔壁破壊説」を強弁するのと同様、ここでも貴重な目撃証言を無視して作成された飛行経路図。そこには、１２３便が川上村に不時着しようとしたことを「なかったこと」にしたいという思惑を感じないわけにはいかない。川上村に不時着しようとしていたことに関心が集まれば、「なぜ、こんなところに？」という疑問の声が当然のように起こる。その疑問は、こんな場所に不時着するぐらいなら、何故横田で降りなかったのかという当然の疑問にもつながる。１２３便に横田をあきらめさせてこの場所に誘導した者なら、そんな疑問を招きかねない飛行経路図を載せるのはマズイと考えるはずだ。

横田に背を向けた後、真っすぐ川上村を目指して飛んできた１２３便。飛行経路は単純そのものだが、その経路を飛んだ理由は決して単純ではない。

◆不時着断念から急上昇〝復航〟へ

「あたま下げろ」

機長が機首を下げるように命じた。時速４０７㎞でフラップ10。甲武信ヶ岳を越えた１２３便は、いよいよ不時着態勢に入った。

副操縦士に指示を出しながら、機長は眼下に近づいてくるレタス畑に目を凝らしたことだろう。着陸する時はわずかに機首を起こしておかなければならないから、機体高度を下げ続けながらそのタイミングを見計らわなければならない。進入方向の先に大きな地面の起伏や障害物がないかどうかも気がかりだ。何か見つけたらすぐに着陸を中止し、急上昇復航にかからなければ、前方に見えている山をかわすことができない。

梓山地区に向かう斜面に沿うように降下するうちに、漠然と緑が広がるようにしか見えなかった畑地がぐんぐん近づき、植えられている作物の一株一株が粒だって見えはじめる。だが、すでにあたりは夕闇に包まれ、地形の細かな起伏までは見極められない。地形把握に万全を期すことはできないのだから、思い切ってこのまま降りるか。

そう決断しかけた時のことだ。機長の目は、針路上の畑地に群れ集まる人の姿をとらえた。日が暮れてもなお消毒薬の散布に忙しく働く、あの村人たちだった。

機長は張りつめた声を出した。

「あたま上げろ」

18時55分15秒。眼下のレタス畑に向けて降下し続けていた123便が、不時着を中止して急上昇に転じた瞬間だった。着陸中止と急上昇復航である。

機首はゆっくり持ち上がりはじめるが、コックピット正面には平地の突き当たりに立つ標高1700mの壁、扇平山が迫ってくる。

18時55分17秒。

「あたま上げろ」

18時55分19秒。

「あたま上げろ」

川上村、上野村での日航123便飛行経路（群馬県多野郡上野村大字楢原周辺の地図）　日航機飛行経路：甲武信ヶ岳→川上村梓山→扇平山→三国山→群馬県上野村→御巣鷹山（墜落）

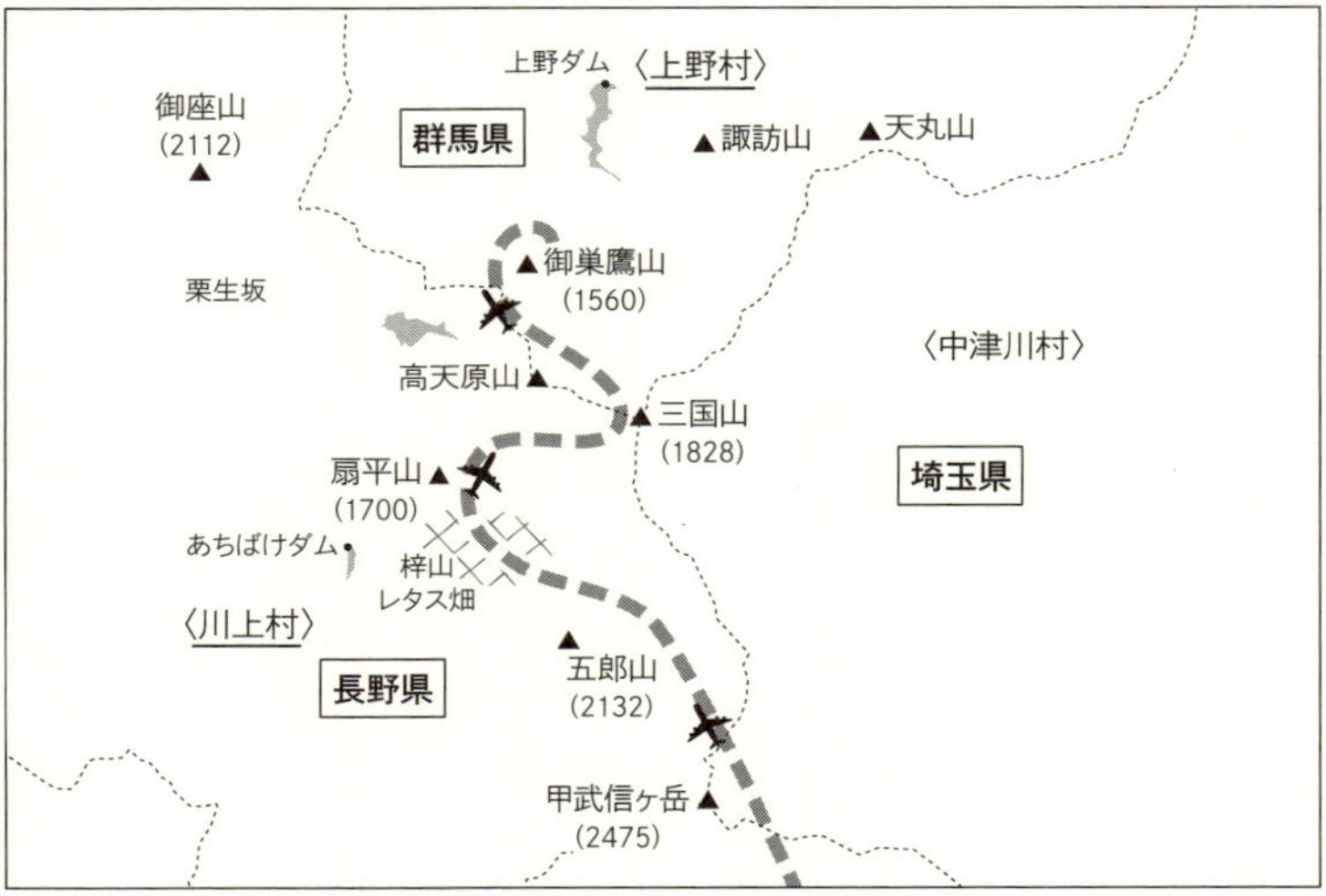

立て続けに上昇を命じる機長。目前に迫る扇平山。右にわずかに旋回しながら必死に空をよじ上ろうとする機体。山肌の木立が見えはじめる。次の瞬間、扇平山の尾根はかろうじて翼の下を過ぎ去り、123便は着陸復航の第一関門を越えた。

だが、危機は終わりではなかった。扇平山を越えながらゆるやかに右旋回したその先に、今度は標高1828mの三国山の尾根が立ちふさがっているのだ。壁を越えたと思った目の前にさらに一段高い壁。123便は急峻な山岳地帯に入ろうとしていた。

18時55分27秒、機長はまたしても上昇を命じた。

「あたま上げろ」

18時55分34秒、副操縦士が言った。

「ずっと前から支えています」

機首上げ操作を続ける副操縦士も必死だ。今度はその彼が叫ぶ。

「パワー」

急上昇のための出力アップ。その直後、機体は三国山をかわすことに成功した。

飛行高度が３０００ｍに達したあたりで機長が言った。

「フラップ止めな」

衝突の恐れがない安全高度３０００ｍにまで上昇し、１２３便は水平飛行に移った。

レタス畑で巨大な機影を見上げていたあの公務員は、この時の１２３便の動きを見届けている。大型ジェット機はレタス畑の上を超低空飛行で通り過ぎると直進して扇平山へ向かい、右旋回して三国山へ。それから左旋回すると尾根を越え、群馬県上野村方向へと飛んで行った。

農作業中の人々を犠牲にすることを避けて不時着を断念した後、立ち塞がる２つの高山をたて続けにかわして着陸復航を遂げた１２３便の後ろ姿だった。

7　ミサイルで撃墜された１２３便

◆123便を追いかける「流れ星」

「キャーッ」

突如、凄まじい横揺れが機体を襲い、客席から女の子の悲鳴があがった。着陸復航に成功し、機体が再び２５００ｍから３０００ｍという高さの空を飛びはじめて間もない時のことだ。

この時１２３便がさしかかっていたのは、群馬県多野《たの》郡上野村の上空。同県の南西端に位置し、長野県や埼玉県と境を接する村の大部分が険しい山岳地帯の中だ。三国山をかわすことに成功した１２３便は北北西方向に飛行した後わずかに群馬県側に入り、この村の上にさしかかっていた。その機体を突然の激震が襲った。

横田基地への着陸、次いで川上村への不時着に備えて安全姿勢を取るようにアナウンスされた乗客は、急上昇復航した後も窮屈な安全姿勢を取り続けたままだ。その姿勢を取り続ける乗客の中に、生還した落合由美さんもいた。彼女はこの上野村上空で襲ってきた激しい揺れを、次のように語っている（吉岡氏前掲書、１９８６年）。

「安全姿勢をとった座席のなかで、体が大きく揺さぶられるのを感じました。船の揺れなどというものではありません。ものすごい揺れです。しかし、上下の振動はありませんでした。席の前のほうで、いくつくらいかはっきりしませんが女の子が『キャーッ』と叫ぶのが聞こえました。聞こえたのは、それだけです」

機体が波打つように上下するフゴイドでもなければ、左右に横滑りするようなダッチロールとも違う、瞬時の凄まじい横揺れ。そのような激しい横揺れが起きるのは、機体の左右どちらか一方に巨大な力が加わった時以外に考えられない。

この時、123便に突然の異変が起きたことはDFDR（デジタルフライトデータレコーダー）にも記録されている。それによれば18時55分45秒に突然の大きな揺れが記録され、垂直加速度の急激な上昇、急激な降下、そして異常な速度上昇が始まる。55分45秒に凄まじい横揺れを引き起こす何かが機体に起き、それをきっかけに123便は猛烈な勢いで急降下しはじめたのだ。

この瞬間に符合する音声が、CVR（コックピットボイスレコーダー）にも記録されている。だが、記録されているのは、これまでのような機体操作の指示や状況確認の会話ではない。記録されているのは、クルーの絶叫だった。

18時55分45秒。

「アーッ」

この絶叫の直後に機長が叫んだ。

「パワー」

以後、機長は「パワーアップ」「フラップアップ」を叫び続けている。機体が急降下しはじめたのだ。突然の激しい横揺れと機長の絶叫、そして機体の急降下。５２４の命のかたまりが大地に叩きつけられる惨劇の、これが本当の意味での始まりだった。

＊

急峻な山岳地帯上空を飛んでいたにもかかわらず、この時の１２３便を地上から目撃した人は意外なほど多い。それらの目撃情報は、その前までの目撃情報とは全く違う１２３便の形相をとらえている。

「航空機の胴体から煙を噴きながら、超低空で東北の方角へ飛んでいった」（『北陸中日新聞』8月13日　長野県南佐久郡南相木《みなみあいき》村住民の目撃情報）

「埼玉方面から飛んで来た飛行機が赤い炎を上げ、やがて黒い煙を残して南相木村の群馬県境に消えた」（『朝日新聞』8月13日　長野県南佐久郡川上村住民の目撃情報）

「川上村の人たちは『飛行機は北東の方へ炎を上げて飛んで行った』と話している」（『毎日新聞』8月13日　長野県南佐久郡北相木村・村長の証言）

「墜落直前に機の後部から火を噴いていた」（『読売新聞』8月13日朝刊に記載された目撃情報）

これらの目撃情報には、それまでの目撃情報にはなかった言葉が登場してくる。飛んでいる機体が噴き出す「火」や「炎」であり、あるいは「煙」だ。

一方、目撃情報の中には、その後に１２３便がたどった結末に目を向けていた人の証言もある。

「雲が真っ赤に染まったと思ったら、キノコ雲のような爆炎が上がった」（東京新聞8月13日朝刊掲載の川上村住民の目撃情報）

「ゴーンという音をさせながら航空機が飛んでいた。長野、山梨、埼玉県境の甲武信ヶ岳方向から飛んで来て、上空を右に旋回して北東の方に行った。まもなく、雷が落ちるようなバリバリと大音響がし、2度ほどパッ、パッと光った。そのうち、ネズミ色のキノコ雲が上がった。墜落したなと思った」（毎日新聞8月13日掲載の長野県南佐久郡川上村住民の目撃情報）

注意深くこれらの目撃情報を合わせ読むと、飛行中の機体が発する「火」や「炎」あるいは「煙」と、墜落してから生じた「爆炎」や「キノコ雲」とが別物であることに気づく。墜落の結果として爆炎が上がるよりも前の段階の目撃談、つまり墜落する前の段階から１２３便がすでに火や煙を噴いて飛んでいたという証言が多いのだ。これだけ一致した証言があるということは、飛行中に発生していたという火や煙は墜落後の爆炎との混同でない。１２３便は墜落する前の時点で、機体から火や煙を噴いていたのだ。

その火や煙を噴き始めた時こそが、落合さんをはじめとする乗客が凄まじい横揺れに全身を揺さぶられ、機長らがコックピット内で絶叫した瞬間だったに違いない。この時、１２３便には何が起きたのだろうか。

直前まで１２３便は行く手を阻む山々を猛然と乗り越え、さらに山岳地帯の上空を飛ぶ高度を確保したばかりだ。機体尾部を破壊されてからこの時まで４基のエンジン系統には何ら異常がなく、だからこそクルーもエンジン推力を調整することで30分間にもわたって操縦してこられた。それを考えれば、突然発生した異常事態の原因をエンジントラブルに求めることには無理がある。では、異常の原因はどこからやってきたのだろうか。その謎を解く上で、見逃すことができない一つの目撃情報がある。

「飛行機が飛んで行った後から、流れ星のようなものが飛んで行くのが見えた」（『読売新聞』8月13日掲載の長野県南佐久郡南相木村の住民３名による目撃情報。傍点筆者）

飛行機を流れ星のようなものが追いかけ、やがてその飛行機は炎や煙を噴きながら墜落して炎上した。だとするなら、私たちが追いかけなければならないのは、その「流れ星」の正体である。

◆ミサイル攻撃直後の垂直降下

１２３便に突如起きた異常を、飛行経路の中で振り返ってみよう。

緊急復航を成功させた後、１２３便は機首を北北西に向け、群馬と長野の県境に沿うように飛び群馬県の御巣鷹山付近にさしかかっていた。123便が異常な飛行を始めたのは、この山の西側にさしかかったころのことだ。ここから機体が右に向かって急に旋回しはじめ、それに続いて一気に降下が始まる。御巣鷹山のまわりをくるりと小さく旋回し、先ほどとは逆の御巣鷹山東南側から尾根に向かっての急降下が続いた。この異常な急旋回の始まった時が機体の凄まじい横揺れの起きた時にあたり、それが炎や煙の発生した場面、そして機長の絶叫の瞬間だったに違いない。

では、機体はどうして急に右回りを始めたのだろうか。

ここで思い出してみたい。左右2基ずつあるエンジンの左側の出力を上げれば、機体は右旋回を始める。逆に右側の出力を強めれば左旋回だった。旋回によって機首が下がることには十分な注意が必要だが、単純化して言えば旋回は左右の出力バランスが変わることで起きる。そのバランスをコントロールすることで、クルーは123便を操縦してきたのだった。

それならば、こうも言えるはずだ。左エンジンを噴かすのではなく、右エンジンを絞り込むことによっても、機体の右旋回は起きるのではないか。この場合でも、左の推力が右より大きくなるから機体は右旋回するはずだ。ただし絞り込みが過ぎれば旋回は急激なものとなるし、全体の推力が落ちるぶん機首は下がる。急激に片方のエンジンを停止させようものなら旋回はさらに急なものとなり、機体は一気に降下するだろう。

もちろん急峻な山々の上を飛ぶ123便が、そのような急な旋回降下を試みるわけはない。

ようやく三国山を乗り越えて高度を確保したコックピットクルーが、エンジンの一つを絞ったり止めたりするような無謀な操作をする理由はない。

だが、123便の「外」側から、右エンジンの出力を一気に落としにかかった者がいたとしたらどうだろう。何者かが機体の外から右エンジンを停止させれば、たちまち機体は2000メートル級の険しい山々の上で急激な右旋回と急降下を始めるはずだ。そんな事態が突然起きた時、機長らクルーがどう反応するかは誰でも容易に想像できる。突然の異常の発生に絶叫するほかないだろう。

機体の「外」側から右エンジンの機能を停止させる。荒唐無稽に思えるが、それは不可能なことではない。「流れ星」をエンジンにぶつけてやればよいのだ。

*

川上村のレタス畑への不時着をぎりぎりのところで断念した123便が、立ちふさがる山々を懸命に乗り越えて上昇に成功した。事態の成り行きを背後で見続けている自衛隊にとって、それは誤算だったかもしれない。不時着失敗による大破炎上も起きなければ、緊急復航の失敗で山に激突することもなかった。操縦性を制約されながら、123便は驚異的な粘りを見せて再び高空に駆け上がっているではないか。

この機の墜落四散を願う彼らとしては、もはや手をこまぬいて見ているわけにはいかなかった。彼らは考えただろう。今、１２３便は、平野部に比べればはるかに目撃者の少ない急峻な山岳地帯に入り込んでいる。この機を逃すわけにはいかない。そう考えた自衛隊幹部の間で、「撃墜」が決断決行された。

　問題はその方法だった。１２３便の撃墜には、それなりの工夫が必要な事情がある。

戦闘機が民間機を撃墜すること自体は、技術的に難しいことではない。接近してミサイルを撃てば、ほぼ確実に命中させることはできる。機体はその場で爆発四散し、一人の生存者も出ないだろう。

　だが、機体のどこかにミサイルが当たればよいというほど、話は簡単ではない。機体胴体部や主翼にミサイルによる破壊痕が残れば、後の検証ですぐにミサイルの使用が疑われてしまう。もともと１２３便を墜落させるという画策は、無人標的機衝突という一大不祥事の隠蔽のためだ。そうである以上、自衛隊の関与を露ほども疑われることなく、１２３便が操縦不能によって墜落したかのように取り繕わなければならない。それには容易に痕跡を見つけられないが、飛行にとっては致命的な箇所にミサイルを命中させる必要がある。そこで立案されたのが、１２３便のエンジン排気口に破壊力を小さめに抑えたミサイルを当てるという作戦だった。

　エンジン全体を噴き飛ばすのではなく、その機能を停止させる程度の破壊。それを成功させるには、高い精度のミサイル誘導システムを持つ戦闘機を使わなければならない。そこで投入されたのが、１９８０年代の最新鋭戦闘機Ｆ15Ｊである。１２３便を追尾していた２機の戦闘機Ｆ４ＥＪに加え、第３の自衛隊戦闘機の登場だった。
　18時55分45秒、１２３便に接近したＦ15Ｊが撃った短距離誘導弾が同便の右翼外側の第４エンジンに命中。内部を破壊された第４エンジンはすぐに機能停止した。第４エンジンは、機体中心から右に２０ｍも離れた位置にある。ここに高速でミサイルが激突すれば、大きな横揺れが発生することは科学的に証明できる。それが落合さんの言う「ものすごい揺れ」だった。その激しい横揺れの後、機体は右旋回をはじめる。同時に推力が落ちた機体は、右に傾斜しながら急降下をはじめた。

　その恐怖の急降下の模様を、落合由美さんはこう語っている（吉岡氏前掲書、１９８６年）。

「そして、すぐに急降下が始まったのです。まったくの急降下です。まっさかさまです。髪の毛が逆立つくらいの感じです。頭の両わきの髪がうしろにひっぱられるような感じ。本当はそんなふうにはなっていないのでしょうが、そうなっていると感じるほどでした……怖いです。怖かったです。思いださせないでください。もう。思いだしたくない恐怖です。お客様はもう声も出なかった。私も、これはもう死ぬ、と思った。まっすぐ落ちていきました」

　例えば、遊園地のジェットコースターの最高速度が時速１３０㎞から１５０㎞。それに対してこの時の降下速度は時速２２０㎞から最高３２０㎞に達し、加速度は３Ｇから最終的には５Ｇ以上にもなっていたと考えられる。乗客乗員５２４名は、その恐怖の垂直急降下をじつに20秒間にもわたって味わわねばならなかったのである。

◆「ミサイルに撃ち落とされたんだ！」と口走った日航役員

日本のど真ん中で自衛隊がミサイルを使って大型旅客機を撃墜。それが突拍子もない妄想、架空の物語と思われかねないことは私だって承知している。

だが、１２３便がミサイルで撃墜されたのだと最初に口にしたのは、私などではない。１２３便はミサイルに撃ち落とされた。最初にそれを口走ったのは、後に遺族となる乗客家族たちを前にした日本航空の幹部だった。角田氏の著書『疑惑』（１９９３年）から、その時の模様を再現してみよう。

8月12日の夜、１２３便の墜落が確実になった段階で、羽田の東急ホテルに設けられた日本航空対策本部には乗客の家族たちが続々と集合した。時刻は22時ごろ。報道で日航機行方不明という事態を知った家族たちの誰もが動転し、混乱し、極度に興奮していた。目の前にいる日航の社員や役員たちに詰め寄る声は荒く、会場は騒然として殺気立った雰囲気に包まれた。

部屋の一角に大声が聞こえ、そこに人垣ができた。その真ん中では、中年の紳士が半べそ顔で突っ立っている。彼はある乗客の家族に胸倉を摑まれていた。

「はっきり言え！　いったい飛行機はどうしたんだ！　どこへ行ったんだ！」

プロローグで述べたように、１２３便の墜落場所の公式特定には異常なほど長い時間がかかっている。墜落したらしい時刻からすでに3時間が過ぎても日航が一向に墜落場所さえ明らかにしないことで、家族の苛立ちは頂点に達していた。

「申し訳ありません」

頭を下げる中年紳士は日航の役員らしかったが、家族の追及は執拗だった。

「どうなってるんだ！」

「申し訳ありません」

いま活字で再現すれば不毛とも思えるやりとりのくり返しだが、家族側の追及がやむことなく、口調はますます激しくなった。

「お前ではラチがあかん！」

「社長を出せ！」

そう叫びながら、真っ赤な顔で詰め寄る家族が増え始めた。

その時だった。詰め寄られる一方だった例の日航役員とおぼしき中年紳士が、これも顔を紅潮させながら唐突にこう口走ったのだ。

「うちの機は北朝鮮のミサイルに撃ち落とされたんだ！　今はそれしかわからん！」

ミサイル？　撃ち落とされた？

突然転がり出た言葉の意図を、乗客の家族らははかりかねた。意味がわからず呆然となる人々。殺気立っていた家族たちのあいだには、虚を突かれたような空気が生まれた。殺気立っていたやりとりが間延びした一瞬の間に、問題の日航役員は若い社員によって会場から抱え出されていった。

日航にしてみればこの時は、自慢のジャンボ機が墜落し、その墜落場所すら発表できないという体たらくの最中である。乗客家族たちの苛立ちは頂点に達している。運航会社としては平身低頭しながら家族たちの苛立ちを和らげ、次の情報を待ってもらうように懇願するしかない。そんな緊迫した場面で日航側の人間が、墜落に関わるジョークなどを口にできるはずはない。彼はジョークを言ったのではなく、自分が知らされていた事実を必死の思いで口にしたのだ。その証拠に、彼は推測の形で語るのではなくはっきりと断言している。

家族に詰め寄られる一方の日航役員は、１２３便が北朝鮮のミサイルに撃ち落とされたのだと前もって聞かされていたのだろう。だから彼は乗客家族に小突き回され罵倒されるうちに、黙っていられなくなったに違いない。彼は耐え切れず、自分が知っている事実を吐露した。叫びながら彼は、言外に言いたかったに違いない。自分たち日航も撃墜された側、つまり被害者の側なのだ、と。

レーダーから機影が消えた当該機がミサイルで撃墜されたという情報を航空会社に提供できる立場にあるのは、政府・自衛隊以外には考えられない。では、政府や自衛隊はどうしてそのような情報を日航に伝えておこうと考えたのだろうか。それは、あらかじめ１２３便墜落の事情を、少なくともその片鱗を日航に知らせておかねばならない事情が、政府・自衛隊の側にあったからだ。

事件の発端は、自衛隊の無人標的機の衝突だ。その隠蔽のためには、無人標的機の残骸をジャンボ機の残骸からこっそりとよりわけ、回収して廃棄しなければならない。そのためにはジャンボ機の機体を熟知する日航の協力が必要になる。そのような闇処理作業への協力を求めるには、123便が墜落させられた事情をあらかじめ日航側に了解しておいてもらわねばならない。

123便は秘密を要する特殊な経緯で撃墜されたのであり、日航に落ち度がないことは政府・自衛隊もよく承知している。だから手を貸してくれ、というわけだ。

だが、もちろん自衛隊が撃墜したとまでは言えない。そこで彼らはその情報に「北朝鮮」という国の名をかぶせ、自分たちにも傷がつかないようにしながらミサイルによる撃墜という情報を伝えたのだ。

「北朝鮮」という国名を引きはがせば、半べそ役員が口走ったことは事実だった。

123便はミサイルで撃墜されたのだ。

◆水平尾翼脱落による急降下・墜落、そして最後の奇跡

ミサイルで第4エンジンを破壊され、急旋回と急降下を始めた123便。それから乗客たちが想像を絶する恐怖を経験した最後の45秒間は、機長以下のクルーにとっては一人でも多くの乗客乗員を救うための最後の戦いの45秒間でもあった。

18時55分45秒。ミサイルが第4エンジンを破壊した瞬間である。

「アーッ」

18時55分47秒。

「パワー」「フラップ」

降下を食い止めるための操作を叫びながら機長が言う。

「みんなでくっついちゃだめだ」

手分けして作業にあたろうという指示に違いない。

続けて今度は佐々木副操縦士が連呼した。

「フラップアップ、フラップアップ、フラップアップ、フラップアップ」

機長もこれに声を合わせ、同じく「フラップアップ」を叫んだ。

だが、機体は急速に右旋回し、高度も一気に落ちはじめた。もはや機体は簡単には言うことを聞かない。制御不能なのだ。エンジン出力の調整が頼りの１２３便にとって、エンジンの一つを失ったことは致命的だった。おまけにここで１２３便の機体は、もう一つ決定的なものを失っている。姿勢制御に不可欠な水平尾翼が、この段階で脱落してしまったのだ。

機体後尾の左右に突き出る水平尾翼の前半部は水平安定板と呼ばれ、後半部は上下に動く昇降舵だ。昇降舵だけでなく水平安定板も機体重量などに応じて取り付け角度が変わるから、水平尾翼は相模湾上空で脱落した垂直尾翼やＡＰＵ（補助動力装置）などとは違って可動性を持たせて機体に留められている。その水平尾翼が相模湾上空で脱落しなかったのは、「圧力隔壁破壊説」が成り立たないことの一つの証しだ。だが、無人標的機の衝突の衝撃で、取り付け部分の強度が劣化したことは事故調も認めている。その取り付け部分が第４エンジン破壊時の激しい揺れで壊れた。それによって水平尾翼は、１２３便が御巣鷹山を巻くように急な右旋回を始めて間もなく脱落した。後に墜落現場周辺が捜索された時、水平尾翼は現場のはるか手前、急降下墜落直前の旋回路の下にあたる山中から見つかったのである。

　これまでのさまざまな航空事故の例を見ると、水平尾翼を失った機体の末路は悲惨だ。機体は水平を保つ機能を失うため、ほとんどが機首から真っさかさまに墜落して地面に激突している。その場合、乗客乗員の全員が確実に死ぬ。だから世界に水平尾翼のない航空機は存在しないのである。

　第４エンジンを壊された上に水平尾翼まで失った機体は一気に降下し、機首も大きく下がった。降下角度75度から80度で落下し続け、機首の下げ角度も40度。体感的には文字どおり「真っさかさま」だ。そのまま機首から突っ込めば、全員即死は確実だった。コックピットの眼前に山肌が急激に近づきはじめたはずだ（事故調の極秘資料による）。

　だが、この時になっても機長らは、どんどん強まっていく5Ｇ以上の加速度に耐えながら、賢明に姿勢を立てなおそうとしている。（１Ｇは重力加速度で、５Ｇ程度とは人間が耐えられる限界である）

　18時55分56秒。

「パワー」

18時55分57秒。

「パワー」

立て続けに出力アップを叫ぶ機長。これに機関士が叫び返す。

「あげてます」

18時56分04秒
「あたま上げろ」

18時56分07秒
「あたま上げろ」

機首の引き上げを怒鳴るように連呼する機長。

18時56分10秒。

「パワー」

出力アップを必死に命じたこの絶叫が、ＣＶＲ（コックピットボイスレコーダー）に残る高濱機長の最後の声となった。

＊

「やがて、飛行機は激しく揺れ出しました。ジェットコースターにでも乗っているような感じで、真っ逆さまに落ちてゆきます。窓の外の景色がドンドン変わりました。物凄く怖いですが、スチュワーデスの方は『大丈夫ですから、大丈夫ですから』と何度も言っていました。『何処か故障したので、機体は不時着するのだ』と思っていました。機体は何回かガタンと方向を下げてゆきます。長い時間だったようにも思いますし、短い時間のようにも思います。激しい衝撃がありました。黄色い煙が出て、上からバラバラ何か落ちてきました」吉崎博子さん（『文藝春秋』1985年10月号）。

「その時」の模様を語る人がこの世に残ったこと自体、奇跡である。

最後まで叫び続けた機長らの奮闘は、決して無駄ではなかった。

この時、機体姿勢は右に大きく傾斜し続け、機体は横倒しからさらに裏返しになろうかというほどになっていた。ところが、猛スピードで急降下していた123便は、驚いたことに山体にぶつかる寸前の1500m付近で下げ止まっている。この時、機体は右に傾いた状態になりながらも水平飛行を回復し、わずかに上昇する気配さえ見せた。

無論、水平飛行に持ちこんだとはいえ、第4エンジンと水平尾翼を失った巨大な機体には姿勢を元に戻す力もその手段もなかった。123便は右傾斜角を増大させながら飛び続け、ついに裏返しに横転した状態で御巣鷹の尾根に激突する。機首、胴体前部から中央部にかけての乗客乗員はほとんど即死だったと考えられ、多くの遺体が身元特定が困難なほど激しくバラバラに四散した。

けれども、最後に水平飛行を回復していたことが、大惨事の中の奇跡を呼ぶ。水平を保って山体にぶつかったことで、後部胴体は中央部から分断されて尾根の南斜面を300m滑り落ちた。滑り落ちながら後部胴体は、密集する樹木に落下の衝撃力を緩和された。それによって数十名の乗客は、重傷を負いながらもこの時点では命を取りとめた。結果的にその多くは自衛隊特殊部隊により毒ガスで殺害され、息絶えたが、4名が仮死状態であったので毒牙を免れ生還できたのである。乗客数十名が墜落で助かったことは、最後の最後に123便が水平飛行を回復したからこその奇跡だ。この奇跡を可能にしたのは、最後まで機体を引き起こそうとし続けた勇敢で冷静な機長以下のクルーの操縦技術であった。

すでに述べてきたように、生還者の証言は圧力隔壁破壊説などでは説明できない墜落事件の真相を解き明かすための貴重な証拠となっている。最後の最後まで最善を尽くした執念に近い奮闘は、理不尽な墜落死の真相を誰かに解き明かしてほしいという機長たち3人の、そして520名の犠牲者たちの無言の遺志の表れに思える。

1985年8月12日、18時56分30秒。日航123便は32分間の恐怖の飛行の末、群馬県上野村の「御巣鷹の尾根」、地元で「スゲノ沢」と呼ばれる一帯に墜落した。

8　偽りの「墜落現場捜索」と「救助活動」

◆墜落直後の現場に聞いた「ようし、ぼくはがんばるぞ」の声

奇跡の生還者となった4名は、いずれも斜面を滑り落ちた機体後部に座っていた。どの生還者も重傷を負っていたうえ、激しく損傷した機体や座席などに身体を挟まれてほとんど身動きができない状態だった。我にかえっても、自分がいまどのような姿勢をとっているのかもわからないほど視界を閉ざされ、手足も首も自由に動かすことができない。命を取りとめたとはいえ、それは拷問のような苦痛だったに違いない。

だが、極限まで窮屈な空間に閉じ込められながら、生還者たちは救出されるまでの間に多くのものを見聞きしていた。救出されてからしばらくしてからメディアでその証言が報じられた時、日本の社会全体が非常に大きな衝撃を受けた。墜落直後の生存者は、この4名だけではなかったからだ。

当時12歳だった生還者、川上慶子さんは後にこう述べている（http://asyura2.com/08/lunchbreak11/msg/234.html）。

「墜落した後、ふと気づいたら周囲は真っ暗だった。あちこちでうめき声が聞こえ、私の両親もまだ生きていたような気がする」

「気が付くと子どもの泣き声などがざわざわ聞こえてきた。（私が）叫ぶと父と妹の咲子が返事した。しばらくして父は動かなくなった。その後、咲子としゃべった。咲子はボゲボゲと吐いてしゃべらなくなった」

　同じく生還者の落合由美さんもまた、現場で多くの生存者たちがいることに気づいたという。彼女は何度も意識を失ったり回復したりをくり返しているのだが、そのときどきに感じた周囲の乗客たちの気配について詳しく語っている（吉岡氏前掲書、１９８６年）。

「墜落の直後に、『はあはあ』という荒い息遣いが聞こえました。ひとりではなく、何人もの息遣いです。そこらじゅうから聞こえました。まわり全体からです。『おかあさーん』と呼ぶ男の子の声もしました」

「どこからか、若い女の人の声で『早くきて』と言っているのがはっきり聞こえました。あたりには荒い息遣いで『はあはあ』といっているのがわかりました。まだ何人もの息遣いです」

「突然、男の子の声がしました。『ようし、ぼくはがんばるぞ』と、男の子は言いました。学校へあがったかどうかの男の子の声で、それははっきり聞こえました。（中略）私はただぐったりしたまま、荒い息遣いや、どこからともなく聞こえてくる声を聞いているしかできませんでした」

先の川上さんの証言と合わせれば、この時点で相当の数の人たちが生存していたのは間違いない。

飯塚訓氏の『墜落遺体―御巣鷹山の日航機123便』(1998年)の中で同氏は、この墜落事件の犠牲者の遺体を完全遺体と離断遺体とに分類して被害状況を検討している。このうち完全遺体とは五体が完全にそろっている場合や上下顎部の一部が残存している遺体のことで、検視総数2065体のうち177体。このうちシートベルトでの圧迫負傷や激突衝撃、脳挫傷などで即死したのは約100体であり、救助されずに死亡した遺体はおそらくは約50体に上るという。

123便墜落直後の御巣鷹の尾根では奇跡的に命を取りとめた数十人が、生死の境をさまよいながら助けを待っていたのだ。「早くきて」という言葉や「ようし、ぼくはがんばるぞ」という声。数十人の命は長い恐怖の末に真っ暗な苦痛の中に放り込まれながら、それでも生きたいと願っていた。

◆「墜落は長野県御座山」との偽報

「早くきて」。生存者たちが奥深い山の中であえぎながら救いを求めている時、捜索救助活動や報道はどのように動き始めていたのか。それを事故調の報告書などからたどってみよう。

羽田空港や所沢の管制レーダーから123便の機影が消えたのは、18時56分のことだった。

まさに123便が群馬県上野村、御巣鷹の尾根に墜落した時刻である。

その1分後には航空自衛隊の峯岡山基地（千葉県）が松永貞昭司令官（当時）に機影消失を報告し、19時05分には百里基地から2機のF4EJ戦闘機が発進している。21分にはF4EJから横田タカン（TACAN＝航空機からの方位・距離測定を同時に行うための電波局）30度32マイル炎上中という報告が入り、45分には運輸省（当時）が航空局長室に「JAL123便対策本部」を設置。自衛隊は百里基地から救難機V107、次いで救難捜索機MU2Sを相次いで発進させ、後者は20時30分に墜落現場上空に到着したとされる。

このころにはNHKをはじめとする主要各局は相次いで通常番組をニュース特番に切り換え、日本中のテレビとラジオがレーダーから機影の消えた123便関連の情報を流し始めていた。

こう書き出すといかにも素早く立ち上がったかに見える捜索救助活動や報道だが、ここから事態は激しく迷走する。自衛隊が上空から測定したという位置情報は一定せず、つまるところそれは地図上ではどこなのかが一向に特定されない。報道では墜落場所をめぐる誤報が垂れ流されはじめるのだ。

21時の時点で長野県警は、墜落場所が群馬県だと判断する。同じころ、朝日新聞社のヘリ「ちよどり」も墜落地点付近に赤い火を発見し、周囲に飛行機やヘリの衝突防止灯が光っているのも目撃した。現場を上空から撮影した「ちよどり」は、位置を測定してそこがやはり群馬県であるという結論を得ている。どちらの判断も、墜落場所が群馬県側の山中であるという点で正しい見立てだった。

ところが21時39分になって、ＮＨＫが唐突に「御座山《おぐらさん》中腹で煙発見」という報道を始めた。標高２１１２ｍの「御座山」は長野県に位置し、実際に１２３便が墜落した群馬県の「御巣鷹の尾根」とは県境を挟んで７㎞も隔たっている。さらに56分になると航空自衛隊幕僚幹部も、運輸省（当時）に対して墜落場所は「御座山北斜面」だと連絡している。ＮＨＫは22時過ぎにも「御座山北斜面で炎上中」という報道を流し、このころには日航も同じことを発表しはじめた。

一方、先ほどの「ちよどり」は墜落場所が「三国山の北方５キロメートル群馬県側」と発表。その後も「ちよどり」は現場上空で自衛隊のヘリを目撃しているし、日付が変わるころに改めてそこが群馬側であることを計測している。長野県警も「墜落場所は群馬県内と判断」と発表し、13日未明の午前2時には読売新聞朝刊最終版が「御巣鷹山付近に墜落」との見出しを打った。ところがこれに対してＮＨＫは、13日03時45分段階でも「御座山南斜面」と執拗に報道し続けたのだった。

墜落したのは群馬県なのか長野県なのか。情報は墜落の翌日早朝まで錯綜《さくそう》し、影響力の大きい自衛隊とＮＨＫ、そして運航会社である日航が「御座山」の名を連呼し続けたことで多くの人々の目が墜落した群馬県ではなく長野県に向くことになった。

防衛庁（当時）が三国山北西約２㎞で機体発見と発表し、陸上自衛隊のＨＵ１からの現場映像が撮影されたのは13日の04時55分のことだった。公式発表としてはこの時初めて、墜落現場が御巣鷹の尾根であることが判明した。墜落からじつに10時間。捜索活動にはさらに時間がかかり、4名の生存者が助け出されるのは墜落から16時間も過ぎてからのことだ。夜通し日本中が誤報にふりまわされる中で、「早くきて」「ようし、ぼくはがんばるぞ」という声に応える救出の動きは遅れに遅れた。

*

誤報に振り回されたのは、やがて遺族となる私たち家族も同じだった。

NHKの後を追うように墜落場所を「御座山」と発表しはじめた日航は、用意したバスに家族たちを押し込み、同山に近い長野県南佐久郡の小海町に向かって旅立たせた。

一刻も早く家族たちを現場近くへという対応のようにも見えるが、考えてみると、この急な家族の移送にはおかしなところがいくつもあった。出発したのは日付が変わった13日午前1時。ということは、前日22時ごろにはバスを手配していたことになる。だが、その段階で墜落場所はまだ特定されていなかった。出発時点になると「御座山」という情報が流れはじめたものの、それもあくまでも情報の一つに過ぎず、墜落場所として確認されたわけではない。場所がまだ特定されてもいないのに、なぜ日航は私たち家族を、手回しよくいそいそと長野県に送り出したのだろうか。

送り出された家族の道中は混迷を極めた。バスに数時間揺られた後、13日の早朝5時には墜落場所が群馬県の上野村、御巣鷹山という確定情報が入った。ところが、なぜかバスは目的地を小海町から変えようとしない。さらに11時ごろ、車中の家族は墜落現場から4名の生存者が見つかったという情報を得る。それでもバスはルートを変えようとはせず、もはや何の意味もなくなった御座山方面を目指す。結局13日夕方に小海町に到着した家族が改めて墜落現場のある群馬県を目指したのは14日朝になってからのことだった。

御座山と御巣鷹山は直線で結ぶと7㎞の距離だが、長野側と群馬側とで入山経路はかけ離れ、2つの山を直接結ぶ道はない。このためバスは小海町のはるか先の碓氷峠まで出て、そこから群馬県に入るしかなかった。

信じがたいほどの大回りをして群馬県に入った後、バスは御巣鷹山ではなく藤岡市を目指した。山岳地帯からは遠く東に退いた平野部の都市だ。市の手前でなぜか3時間も待たされた末、同市に入ったのはもう14時過ぎ。13日未明に羽田を出てから、じつに27時間以上が経っていた。苛立ちと不安、そして心身の極度の疲労。すっかり憔悴した家族は、藤岡市に入るなり恐ろしいものを見せつけられる。

70台にもなろうかという霊柩車の列だった。

後の日航の説明によれば、東京周辺の葬儀店で棺桶約800個を用意し、藤岡市にピストン輸送したのだという。だが、その棺桶の用意は、私たちが藤岡市に入ったその日に始まったのではなかった。すでに墜落当日の12日夜、群馬県警から藤岡市内の葬儀店に、棺桶をどのぐらい用意できるかという問い合わせの電話があった。さらに東京都西多摩郡のある葬祭具メーカーも、12日夜のうちに棺桶をトラックに積み込み、藤岡市に向かったと語っている。12日夜といえば墜落現場は特定されず、自衛隊やＮＨＫ、そして日航は長野県の御座山が墜落現場だという誤報を流していた時である。

私たち家族はその御座山情報に押し流されるように、見当違いの長旅へと連れ出された。ところがそのころ、すでに遺体の収容先が群馬県の藤岡市になることは決定し、膨大な数の棺の準備が着々と進められていたのである。墜落当日夜のうちに藤岡市に向けた棺の手配を進めていたということは、自衛隊、日航や群馬県警が墜落現場は群馬県側だと早い段階で知っていたことを意味する。

日航や群馬県警に墜落場所が群馬県側の山中であることを教えられるのは、上空から墜落位置を確認できる自衛隊以外には考えられない。つまり自衛隊やＮＨＫ、日航は、まことしやかに長野県の御座山という誤報を流し続け、私たち家族を、そして世間の目を長時間にわたって真の墜落現場から遠ざけていたことになる。

◆意図された可能性のある測定誤差

墜落現場は群馬県側なのに、長野県側だという誤報を流し続けた自衛隊。その誤報の一因は、自衛隊が墜落地点上空で測定して割り出した位置情報と実際の墜落地点との計測誤差によるものだったと言い訳した。山岳地帯では情報が数キロ違うだけで入山ルートは大きく変わり、情報を頼りに入山した捜索者は見当違いの山に登ることになってしまう。実際の位置との誤差が致命的な遅れにつながってしまうのは事実だ。

では、そのような誤差は技術的に避けられないこと、やむを得ないものだったのだろうか。そして垂れ流された誤報の原因は、本当に測定誤差だったのだろうか。

ある自衛隊幹部はこう語っている。

「自衛隊は戦闘集団です。こんないい加減な目標地点の測定では味方陣地を誤爆することになりかねません。それでは戦争なんて出来ません」

夜間戦闘で数kmもの測定誤差をくり返す軍隊が、まともに国土を守ることができるはずがない。誤差による位置の特定の遅れが数十人の命を奪ったとすれば、それ自体が軍事組織としては一大不祥事だろう。

だが、問題はそればかりではない。先の自衛隊幹部はこうも言い添えている。

「何か隠された意図があるんですよ」

現代のまともな軍事組織なら、測定時にそんな誤差を出すわけがない。測定時に誤差が生じたという説明は、敢えて正しい位置情報を知らせなかったこと、敢えて早期の捜索救助を行わなかったことを悟られないための隠れ蓑《みの》である可能性もあるのだ。

その隠された意図を感じさせるのは、見当違いの長野に家族を旅立たせたことや測定誤差の問題ばかりではない。地図上で場所を特定できなくても、真っ先に炎上している現場上空に到達した飛行機が旋回しながら救難ヘリを呼び寄せることはできたのではないか。救難ヘリが現場上空に到着すれば、まずは空から救助要員を投入することはできたのではないか。そんな疑問がぬぐえないのだ。

◆去りゆく救難ヘリ――「ああ、帰っていく……」

真っ暗な山の夜。木立に覆われた沢近くに、ざわめくような音がまるで霧のように垂れ込めている。元はどのような形をしていたのかわからない残骸が散らばっている。耳を澄ませば、ざわめくような音の一つ一つはその残骸のあちこちから漏れ出ている。

はあ、はあ、はあ、はあ。はあ、はあ、はあ、はあ。

苦しげな呼吸の音がいくつも折り重なって一つのざわめきになり、濃い霧となって沢を満たし続けている。時折うめき声が聞こえ、苦しげな呼吸、ざわめきの霧の正体が、無数の人間たちのあえぎだとわかる。

不意に、垂れ込めた苦痛の霧の中に硬い機械音が光のように射し込んでくる。真っ暗な山間にこだましながら近づいて来るその音は、上空で旋回を始めたヘリコプターの爆音だった。

来てくれた、やっと助けに来てくれたのだ。

危うく残骸の一部になりかけながら命をつなぎ、意識を保っていた者たちは、それぞれが押し込められた残骸のすき間の中で思ったはずだ。

ここにいる、ここに降りてくれ。

この場所で自分が生きていることを、何とかしてヘリコプターに知らせなければ。苦しげな呼吸の主たちは、痛みをこらえながら体のわずかに動く部分にありったけの力を込めたに違いない。

助けてくれ。早く来てくれ。ここにいる。助けてくれ。

苦しい呼吸が一層早まる。

はあ、はあ、はあ、はあ。はあ、はあ、はあ、はあ。

朦朧とする意識の波間に聞こえるヘリコプターの音。救いを待つ生存者にとって、それは苦悶の中に垣間見た希望だった……。

多くの人の荒い呼吸や声を聞き続けながら身動きできなかった落合さんが、その次に聞いたもの。証言（吉岡氏前掲書）によれば、それは現場上空を飛ぶヘリコプターの音だった。

「やがて真っ暗ななかに、ヘリコプターの音が聞こえました。あかりは見えないのですが、音ははっきり聞こえていました。それもすぐ近くです。これで、助かる、と私は夢中で右手を伸ばし、振りました。けれど、ヘリコプターはだんだん遠くへ行ってしまうんです。帰っちゃいやって、一生懸命手を振りました。『助けて』『だれか来て』と、声も出したと思います。ああ、帰っていく……」

この時のヘリコプターがどの組織の所属機だったのかは長く謎とされた。だが、それがどこの所属であろうと、夜のうちに生存者のすぐ近くまでヘリが来ていたことは間違いない。その事実を知れば、遺族ならずとも思うはずだ。この時点でヘリから要員を降下させ、多くの重傷者に「救助に来たぞ。頑張れ」と声掛けするだけでも重傷者を絶望から救い、生きる気力、希望を持たせることができたはずではないか。

このため、墜落当日の夜に自衛隊がこうした捜索救助活動を一切行わなかったことは、早い時期から批判された。批判された自衛隊では、松永貞昭司令官や増岡鼎総監、村井澄夫前統幕会議長らが弁明に躍起になった。

弁明によれば、夜間のヘリコプター飛行は難しく、目標にできる明かりや月がない中、炎上している火だけを見て飛ぶというのは、目をつぶって自動車を運転するようなものなのだという。サーチライトの照射範囲は狭く、飛行を妨げる高圧線や索道なども発見しにくいから飛行は困難。その証拠に、事故当夜ヘリを飛ばして捜索にあたったのは自衛隊だけだったと、彼らは胸を張った。

だが、自衛隊が夜間戦闘に備えた夜間飛行や夜間降下の訓練を頻繁に行っているということは、前統幕議長自身も認めざるを得ない事実だった。しかも当日夜は「自衛隊だけ」どころか新聞社などのヘリが夜間炎上する現場を撮影し、墜落現場が群馬県側であるという的確な位置測定までやってのけている。

こうした反論や疑問に予防線を張るかのように、自衛隊はもう一段の弁明を重ねた。現場上空に到達しても現場は急傾斜である上、ヘリの強風が火炎を煽って上昇気流を巻き起こすから隊員の降下は「世界中、どこの軍隊でも不可能だった」。また、米軍の救難の申し出を自衛隊が断ったという報道はデマであり、米軍からは一般的な支援提供が可能だという連絡があっただけだ。米軍が横田や座間の基地に展開させているヘリはホイスト（人を吊り上げるロープを付ける機構）などを装備していないから、もし米軍が出動しても自衛隊以上の行動ができたとは思えない。

たとえ米軍でも無理だった。こうまで言われれば、素人は自衛隊が現場に要員を降下させなかったのも仕方なかったのかなと思ってしまいそうだ。だが、刑事に事情を聞かれた犯罪者は、自分の犯した行為を隠そうとするあまりとかく饒舌になり過ぎる。

〈世界中、どこの軍隊でも不可能だった。〉〈自衛隊が米軍の救難の申し出を断ったという報道はデマ。〉〈米軍が行動しても自衛隊以上の行動はできなかった。〉

これらの饒舌で自信に満ちた弁明が墓穴を掘り、組織ぐるみの大きな嘘が明るみに出たのは10年後のことだった。

◆事故から10年後　衝撃の「アントヌッチ証言」

巨大な嘘を暴く証言が世に出たのは１９９５年。証言の主は、横田基地への着陸を目指す１

１２３便を同じ空の上で見つめていたあの「目撃者」、マイケル・アントヌッチ中尉。彼の証言によれば、１２３便の墜落後間もない時刻、米軍ヘリが捜索救助要員を墜落現場に降下させようとしていたのである。

アントヌッチ氏の証言（米田憲司著『御巣鷹の謎を追う―日航１２３便事故20年』２００５年）をもとに、何があったのかをたどってみよう。

横田基地所属のＣ１３０Ｈ輸送機で飛行中のアントヌッチ中尉は非常事態に陥った１２３便の通信を傍受し、やがて横田基地が同便に着陸を許可したことを知った。中尉らは上空での旋回待機を命じられ、事態の推移を見守っていた。ところが、なぜか１２３便は遂に横田基地に着陸しなかったばかりか、その後の横田管制の呼びかけに応答はなかった。

やがて19時ごろ、横田管制から１２３便がレーダーから消えたという知らせが入り、中尉らに１２３便を捜索できないかと打診してきた。中尉の乗る米軍輸送機Ｃ１３０Ｈはこの時から１２３便の捜索を始め、19時15分に墜落から20分後には早くも煙の上がる墜落現場を発見した。墜落現場上空で高度を下げた中尉らの目には、山の斜面の森林が燃えているのがはっきり見えた。

Ｃ１３０Ｈは上空を旋回し、横田との位置関係から墜落地点の緯度や経度、方向と距離を割り出して基地に連絡している。中尉によれば、その情報は横田基地から日本の当局にも伝えられた。日本側は墜落直後にその正確な位置を通報され、知っていたのだ。

間もなく中尉の乗るC130Hに連絡が入った。座間基地の陸軍ヘリUH1が救難に向かう準備をしているという。そこでC130Hは墜落地点上空で旋回を続け、飛んでくるUH1に現場までの方位を教えて誘導した。

やがてヘリは現場上空に到着。21時05分にはホイストを使った兵士の降下にとりかかった。米軍も装備していないと自衛隊幹部が自信たっぷりに言いきったホイストを、このヘリはちゃんと積んでいたのである。旋回して様子を見守るアントヌッチ中尉は、要員を降下させはじめたヘリに代わって横田基地司令部に現場の状況を伝えた。

ところが、ここで思いもかけないことが起こる。アントヌッチ中尉からの現場報告を受けた基地司令部の将校は、中尉に予想外のことを命じた。日本側が救助に向かっているからただちに基地へ帰還せよ、というのだ。

すでにヘリはロープを垂らし、要員は降下を始めたところだ。こんな中途半端なところで救助活動を打ち切るなんて。承服しかねたアントヌッチ中尉は無線で命令の再考を求めたが、司令部側の態度は変わらなかった。即刻ヘリともども基地に帰還せよ。

こうして救助にとりかかっていたC130HとUH1は、しぶしぶ撤収を開始した。すでに米軍ヘリが要員を降下させようとしていたにもかかわらず、直前で日本側が待ったをかけてやめさせたのだ。

間もなく最初の日本の飛行機が墜落現場上空に現れ、横田管制はそれが日本側の救難機だと伝えてきた。これを聞いてアントヌッチ中尉はようやく安心し、21時30分ごろに現場上空から引き上げた。中尉たちは、日本側が捜索や救助を引き継いでくれたと信じて疑わなかったのだ。

だが、その後に彼が知った事態は「ひと安心」どころではなかった。

横田基地に引き返して司令部に一連の経過を報告すると、ジョエル・シルズ副司令官は労をねぎらいながらも中尉らに妙なことを言った。

「マスコミには一切他言無用」

今回の救助活動の顚末について、箝口《かんこう》令が敷かれたのだ。

翌朝、日本の報道を見て中尉らは愕然とする。報道によれば日本側の墜落地点の特定は遅れに遅れ、いまだに捜索隊は事故機の残骸にもたどり着いていないという。

いったい、どういうことだ？

アントヌッチ中尉はわけがわからなかった。いち早く現場上空に到達した自分たちは正確な位置を通報し、その情報は日本にも伝えられたはずだ。自軍のヘリは、その位置情報と無線誘導でちゃんと現場上空までたどり着いている。現場降下の一歩手前というところで引き上げる前には、日本の救難機が墜落現場上空に到着しているのも確認した。それなのに日本の自衛隊は、朝5時近くになってからようやく墜落現場を特定したという。それまでの間、自衛隊をはじめとする日本の当局者たちは何をしていたのか。

さらにしばらくした後、中尉は１２３便の墜落事故を報じた雑誌記事を読み、１２３便が5

00人以上を乗せて飛んでいたことや、そのうち4人だけが奇跡的に生還したことを初めて知る。その記事には、生還した落合さんの証言も掲載されていた。その証言を読み、彼は大きなショックを受ける。

落合さんは残骸の下から飛来したヘリコプターに手を振って合図したが、ヘリは反応しないまま去って行ったと証言していた。墜落現場では数人の子どもたちの声を聞いたが、闇の中でその声は次第に途絶えていったという。アントヌッチ中尉は悔やみきれない思いにとらわれた。あの時、救助の続行を許可されていれば、この4人以外にさらに数人の生存者を救出できたかもしれないではないか。

アントヌッチ中尉は後日、この時の救難活動に関して「空軍表彰メダル」を受賞している。これは米国空軍も彼の現場上空での救難活動を公的に認めていることを意味し、それが彼の独断での行為などではなかったことの証しだ。だが、メダルをもらっても、彼の胸の内で良心の呵責は消えなかった。

*

その後、彼は自分が経験したことを、長いこと自分の胸の内に秘めて過ごさねばならなかった。箝口令を受けた軍人の身としては、何を語ることも許されないからだ。だが、軍籍を離れた彼は、事件から10年後の95年8月20日、『サクラメント・ビー』紙に、自分が123便墜落

日航123便飛行状況と米軍輸送機の飛行経路、救助活動の対比
（日航123便：横田基地への着陸禁止と米軍の救出活動の妨害謀略）

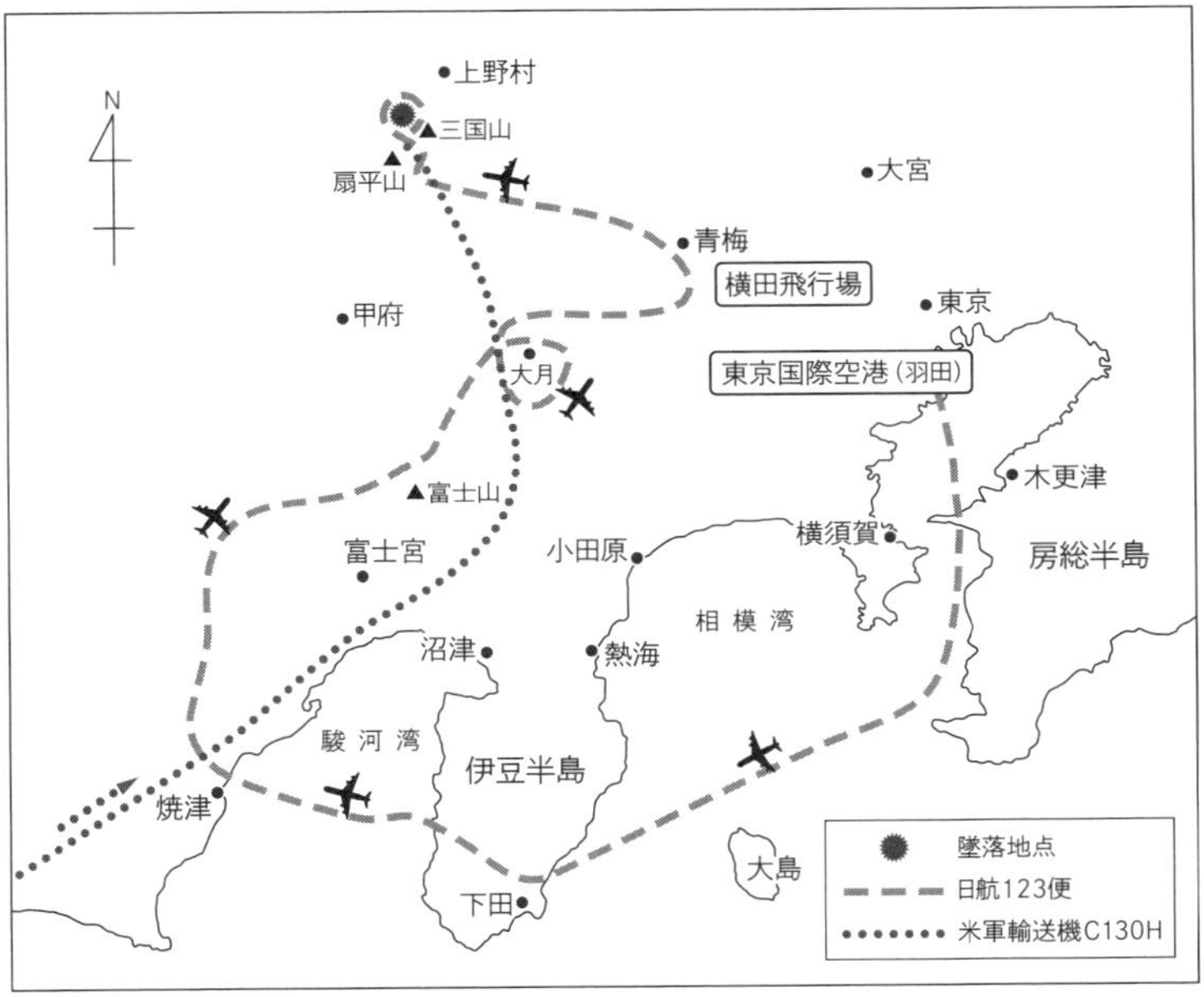

事件で経験したことを手記にまとめて発表した。さらにその内容は、米軍の準機関紙『星条旗（Stars and Stripes)』紙に転載発表される。その権威ある紙面に掲載されたアントヌッチ氏の長大な証言記事のタイトルは〈1985 air crash rescue botched, ex-airman says（元空軍兵士は語る　１９８５年の航空機事故救助は稚拙な策略だ）〉。１２３便の交信を傍受してから救助活動を中断させられるまでの経緯が述べられると同時に、日本の救助活動の稚拙な策略に対する疑念、そして救助を中断させられた者としての怒りまでもが言外のうちに読み取れる記事だ。

◆政府、自衛隊は重傷生存者を見殺しに

この記事の内容は日本のテレビなどでも報じられ、国民の間に大きな驚きが広がった。それまで長い間、墜落現場がわかって救出活動が始まったのは墜落翌日13日の午前5時になってからだと言われていた。ところが米軍が事故のわずか20分後に墜落現場にかけつけていたばかりか、救助要員が現場に降下しはじめていたのだという。そんなことがあったということを、自衛隊や運輸省（当時）、事故調はひとことも国民には伝えていなかったではないか。

〈世界中、どこの軍隊でも不可能だった。〉〈自衛隊が米軍の救難の申し出を断ったという報道はデマ。〉〈米軍が行動しても自衛隊以上の行動はできなかった。〉

アントヌッチ証言はこれら自衛隊幹部の開き直りこそがデマであり、当時の国民全体が自衛隊に欺かれていたことを10年という歳月を経て明らかにしたのだ。

もはや隠しきれなくなったということなのだろう。中曽根康弘氏はテレビ番組の中で問われると「米軍アントヌッチ中尉の救出活動は知っている」と事実を認めるしかなかったが、すでに彼は退任した後。ここでも彼は何の責任を問われることもなかった。

だが、10年後の証言で本当に驚くべきこと、そして怒りを感じるべきことはもっと深い所にある。早い段階で救助活動を開始していた米軍ヘリが突然退去を命ぜられた経緯を読めば、それは日本側の要請によるものとしか考えられない。右の中曽根氏ほか政府の高いレベルから米軍側に「あとは日本側にまかせてほしい」という退去要請があり、それが現場に伝えられて救

助活動が中断させられたのだ。

ところが、救助に乗り出した米軍を現場から追い出しておきながら、当の日本側すなわち自衛隊は翌日になるまで救助活動を行っていない。その10時間以上もの時間の中で、多くの人々が山中で息絶えていったのである。つまり自衛隊は生存者を救助するチャンスをわざわざつぶし、見殺しにすることを選んでいたのだ。

アントヌッチ中尉証言がなければ、政府や自衛隊は今に至るまで米軍の救援活動があったという事実を伏せ続け、世界のどこの軍隊も要員降下などできなかったとうそぶき続けるつもりだったたろう。国民は自衛隊幹部のまことしやかな弁明を信じ、生存者が意図的に見殺しにされていたことを永遠に知らずに終わったはずだ。

ここで私は、不思議なつながりを感じないわけにはいかない。政府や自衛隊が隠していたとてつもない秘密に気づかせてくれたのはアントヌッチ中尉の証言だが、その彼に証言を促すきっかけになったのは生還した落合さんによる現場生存者についての生々しい証言だった。そしてこれらの生存者たちをこの世に残したのは、最後の瞬間まで機体を急降下から引き起こそうとし続けた高濱機長以下のクルーの勇敢さと、彼らが極限状態で発揮した高度な操縦技術の賜《たまもの》なのだ。生存者を見殺しにした政府・自衛隊の暗躍は、クルーの執念によってその一端が暴露されたとも言えるはずである。

暴露された事実からは、政府・自衛隊が墜落現場に近づこうとする者は米軍でさえも追い払おうという強い意思を持っていたことがわかる。遺族をはじめとする世間の目が長時間にわたって見当違いの長野県側に向けさせられたばかりでなく、必死の米軍救助隊員さえも墜落現場に近づけまいとする意思。その意思は、墜落現場の地元、群馬県の上野村の中でも見られた。

この恐ろしい意思の目的は何だったのだろうか。

9　墜落現場での暗躍――自衛隊と警察

◆群馬県警「現地対策本部」による救出妨害

群馬県警本部は8月12日21時、県警幹部に対して「日航機が長野に墜ちたと言われているが、本県に墜落したと思って行動してくれ」と訓令し、22時過ぎには上野村に「現地対策本部」を開設している。同じ夜、藤岡市内の業者にどれだけの数の棺が準備できるかを問い合わせたのも同県警。これらを考え合わせると、同県警は早い段階から墜落現場が群馬県の上野村であることを知っていたことがうかがえる。世間では墜落現場は群馬県側だ、いや長野県側だと情報が錯綜している最中、御巣鷹山のある上野村に現地対策本部。それは、救助活動に向けた県警の先見の明だったかに見える。

群馬県南西部に位置する上野村は、人口こそ1200人と少ないが面積は181㎢と広い。住民が集住するのは中央を流れる神流川の周囲であり、村の大半を占める急峻な山岳地帯に立ち入るのは容易ではない。隣接する川上村に直結する道はなく、南相木村への道も登山道路があるのみ。山々は道で繋がっておらず、当時はもちろん123便の墜落地点に通じる道などなかった。地図上で墜落地点がわかった後でさえも、地図を頼りに踏破するなど無謀の極み。墜落直後に遺族らが墜落地点を目指した際も、旧道の「三岐《みつまた》」と呼ばれる地点から渓流沿いのけもの道を約3時間かけて歩くほかなかった。

　そこで誰もが頼りにしたのが土地の人の経験、所謂《いわゆる》「土地勘」だ。生活の糧として猟や山菜取りを営む上野村の住民は、一帯の地理を肌で覚えている。だから遺族のみならず群馬県警部隊も自衛隊部隊も、墜落現場の捜索に入る際には上野村消防団、上野村猟友会の先導を必要とした。しかも土地勘のある住民たちは、１２３便の墜落直後から墜落地点が三国山と御巣鷹の中間地帯であることをほぼ確信していた。県境の三国山（１８２８ｍ）をかすめて上野村に入った直後に１２３便が火煙《ひけむり》を噴きながら墜落した模様が目撃され、その情報が川上村から上野村住民にも伝わっていたのだ。

　ところが、その上野村に早々と対策本部を立ち上げた県警が墜落から間もない時刻から翌朝までに担った役割は、いったい何の「対策」だと思わされることの連続だった。最も頼るべき地元の人々の助言を、県警は次々に無視する行動に出始めたのである。

　12日夜、上野村に入って来た群馬県警機動隊は上野村猟友会に御巣鷹山の「中の沢」に捜索に行く道案内を求めた。夜、奥深い山中を捜索するためには地元猟友会の助けが必要だというわけだ。これに対して要請を受けた猟友会の堀川光太郎氏らは、捜索すべきなのは「中の沢」ではなく「スゲノ沢」だと進言した。上野村の人々は、墜落時の音や煙の具合から墜落場所が

「スゲノ沢」であると早くから直感していたのだ。同じ御巣鷹の山中とはいえ、「スゲノ沢」は「中の沢」とは相当にかけはなれている。

ところが、地元の猟友会の人々の説得と進言に対し、機動隊が示した態度はそっけなかった。組織の上からの命令だから、あくまでも「中の沢」を捜索するというのだ。「スゲノ沢」捜索がこの時に受け入れられていれば日付が変わるころには墜落現場にたどり着いていたはずだが、その機会は失われてしまった。県警は地元の忠告を無視し、指揮下の部隊に見当違いの場所を歩き回らせたわけだ。

このころ、同じ上野村の消防団のメンバーたちは、自分たちで「スゲノ沢」を捜索しようと話し合っていた。ところが、これに待ったをかけたのも県警だ。早く動きたい消防団メンバーに対し、県警は「機動隊が来るまで待て」の一点張り。ところがその機動隊が猟友会に「中の沢」への案内を頼んでいると知り、消防団の人々は怒りを覚えた。日付が変わって13日の午前3時になってようやく現れた機動隊だが、彼らは「スゲノ沢」に向かおうとしないどころか、消防団に近くの小倉山を見て来いと言い始めた。小高い丘の名だが、墜落時の音を聞いた地元民にしてみれば、そこに墜落したなどということは到底あり得ない場所。土地を知らない者の思いつきまかせの指示だ。仮に現場が御座山なら、地元の者は雷が鳴っていても墜落時に気づいているはずだ。そう言って、一刻も早い救助を目指す消防団は声を荒げたという。

地元の人々が早く「スゲノ沢」を目指そうとするたびに県警が横やりを入れる。その奇妙な構図は空がうっすらと明るくなりかけてからも続いた。消防団員が今度こそ「スゲノ沢」に向けて出発しようとすると、県警側がまだ暗くて危険だから待てと言う。またもや消防団と県警側とが怒鳴り合いになり、結局、朝の4時半に年長の消防団員ら4、5人が「スゲノ沢」を目指して出かけて行った。群馬県警の制止を振り切って出かけた彼らは、それから数時間後、問題の群馬県警ではなく長野県警が派遣したレスキュー隊員とともに川上慶子さんを発見している。この人々の自主的な救助活動がなければ、生存者の発見はさらに遅れたかもしれない。

こうして群馬県警が上野村に置いた現地対策本部は、土地の人間ならではの知識と直感で墜落現場の位置を特定していた地元の猟友会や消防団の救助活動にブレーキをかける役回りを夜通し演じ続けた。まるでそれは、いち早く現場上空から要員を降下させようとしていた米軍を追い払った日本政府の縮小コピーのようだ。

＊

123便の墜落現場が群馬県側であることを早い段階で知っていたにもかかわらず、自衛隊はNHKや日航とともに誤報を垂れ流した。その結果、私たち家族をはじめとする多くの人々の目は長時間にわたって墜落現場から遠ざけられてしまった。

棺《かんおけ》の一件を見れば、政府・自衛隊は墜落現場が群馬側だと知っていた。ところが自衛隊は、墜落現場の誤報や救出活動の遅れがやむを得ないことである印象を与えようとしてきた。さらに政府・自衛隊は救助活動を始めた米軍を体よく追い払い、生存者が救出されるチャンスを奪った。それと歩調を合わせるように、群馬県警もまた、地元民が救助活動に向かおうとするのを押しとどめ、生存者の救助を遅らせている。これほどまでして人々を墜落現場から遠ざけ救出を遅らせたねらいは、いったい何だったのだろう。

◆墜落現場での怪奇現象

救助活動が始まった後も、さまざまな疑問を生むことばかりが起きた。

墜落の翌日8月13日、ようやく特定された墜落現場に自衛隊の習志野空挺団が到着したのは8時49分だった。9時30分には73名が現場に降下し、それと前後するように陸上自衛隊松本連隊の14名、長野県警レスキュー部隊2名、上野村消防団なども陸路現場にたどり着いている。群馬県警機動隊が現場に到着するのはさらに遅れ、10時15分になってからのことだ。公式発表に沿うとしても、4時55分に墜落現場が特定されてからこれらの救助活動が立ち上がるまでには、いかにも時間がかかり過ぎている。上野村消防団が群馬県警によって救助活動を制止されていた経緯は先に述べた通りだが、他の救助要員も早い段階での現場へのアクセスを制止されていた可能性が高い。

また、生存者を発見したのは長野県警のレスキュー隊と上野村消防団のメンバーであり、最も大きな部隊を派遣し、先に現場に到着した自衛隊は一人の生存者も発見できていない。習志野空挺団指揮官は到着早々に「目下、生存者なし」と報告し、一帯の捜索活動も不十分な段階で早くも「乗客乗員全員死亡、救助打ち切り、遺体収容」を命令したという。残骸と他の遺体に埋もれている落合さんに気づき、「まだ、生きている人がいるぞ」と叫んだ長野県警レスキュー隊員や上野村消防団の活動がなければ、4名の生還さえ危うかったかもしれない。

10時54分、残骸の中から手が突き出て動いているのを、長野県警の柳澤隊員が発見。近寄ってみると、機体の破片や幾重にも重なった遺体にはさまれている落合由美さんがいた。それから10分ほどの間に残る3名も相次いで発見された。いずれも重傷だった。

12時30分になって日本赤十字の医師1人と看護師3人がヘリコプターで現場の尾根に到着し、生存者4人の応急処置を始めた。生存者4人のヘリへの収容が始まったのは13時29分のことだ。

こうして救助活動の立ち上がりと生還者4名の救出場面を振り返ると、妙なことに気づく。生存者の応急処置にあたったのは、後からかけつけた赤十字の医師と看護師だ。だが、墜落現場には自衛隊の大部隊がとっくに到着している。自衛隊が医官を伴っていれば、すぐにも応急処置は始められたはずだ。それなのに発見から1時間半も経ってから医師と看護師が別途送り込まれたということは、自衛隊が救助に医療の専門家を同行させていなかったことを意味する。早々に作業を救助から遺体収容にシフトさせた指揮官の指示と合わせると、大きな疑問が生まれる。派遣された自衛隊の指揮官の胸に、「生存者がいるかもしれない」という前提はあったのだろうか。あったのは、乗客乗員は全員死亡しているはずだという見通し、あるいは事前情報ではなかっただろうか。

＊

墜落事件後まもなく、当時の写真週刊誌「ＦＯＣＵＳ」は遺体が散乱する墜落現場の凄惨な模様を撮影した写真を掲載した。その中の一つは、座ったままの状態で黒こげになった子どもの焼死遺体の写真だった。その写真はむごたらしいばかりでなく、謎めいたところがあった。その遺体は、頭部の輪郭が崩れるほど激しく燃えていた。これがジェット燃料の火災が原因なら、遺体ばかりか付近一帯の樹木も燃えているはずだ。ところが、写真によればこの遺体周囲の樹木はほとんど焼け焦げていない。おまけに写真に添えられた文面には、「紙幣や書類が周囲に散乱していた」とある。ジェット燃料はこの子どもだけを燃やし、周囲の木立も紙幣や書類も燃やさなかったのだろうか。狙い撃ちされたかのように、人だけが焦げる。そんな火災がこの世にあるのだろうか。

青山透子氏は、墜落現場から発見された遺体の歯型による本人確認を受け持った歯科医師・大国勉氏にインタビューを重ねている。当時大国氏は群馬県警医学副会長を務めていた医師だ。そのインタビューの中で、大国氏は重要なことを語っている（参考ウェブサイト http//www.asaho.com/jpn/bkno/2010/0809.html）。

大国氏はそれまでに群馬県警察医として１０００体ほどの焼死体を見てきた専門家だが、その経験に照らせば煤で黒くなった歯もその裏側や一部は白いし、骨も芯までは燃えない。ところが123便の墜落現場の遺体は骨の奥まで炭化するほど激しく燃え、まるで二度焼きしたような状況だったという。さらに大国氏もまた、墜落現場の木々は幹の中までは燃えていないのに、遺体だけは骨の芯まで燃えているという不思議な現象が見られたことを語っている。

歯科医が「二度焼き」という言葉を使うほどの激しい損傷は、いったい何が、あるいは誰が引き起こしたものなのだろうか。

これは、後述する自衛隊特殊部隊による生存者焼殺行為による損傷だったのではないかと考えられる。この特殊部隊は生存者の殺害が任務であり、その実行には主として毒ガスが用いられた可能性が高い。だが、軽症で比較的元気な生存者に毒ガスを使うと、そのままでは検視段階で疑念が生じる。それを避けるために123便の燃料火災による焼死を装うことを決めた特殊部隊は、毒ガスによる殺害の後に遺体をスゲノ沢から火災現場に移し、そこで火炎放射器で焼き殺したと推察できる。そうだとすれば、不可解な損傷遺体は恐ろしい残酷な殺害行為の証しということになるのである。

＊

不思議なのは、回収された遺体の損傷状況ばかりではなかった。ようやく捜索活動が始まった墜落現場では4名以外の生存情報がかけめぐり、後にふっつりと消えるということが起きたのだ。しかもその生存情報は単なる情報伝達のミスにしてはあまりに生々しく、おまけにそれは複数のマスメディアによっても報じられている。

例えば日経新聞は、8月13日夕刊の記事に「生存者7人発見」という見出しを打った。墜落現場付近での目撃をもとに、落合さんら4人とは別に3人の生存を報じたのだ。

その3人については朝日新聞社会部記者も無線で報告している。

「今さらに3人の生存者救出！　2人は担架に乗せられているが、1人は担架が必要ないほど元気な女の子で、救助隊員に抱かれている」。

この報告のその後について、朝日新聞社前線キャップ（当時）の木村卓而氏は、こう述べている。

「『1人の女の子は、担架に乗らないほど元気で、救助隊員に抱かれている。他の2人は毛布を被されているため、男女の別や怪我の程度は、はっきりしない』と元気で無事救出された女の子のことを報告。だが、その後、女の子はどうなったのか？　突然その存在が消えてしまう」

テレビニュースの生放送でも謎めいた報道があった。フジテレビの「ニュースレポート」で現場生中継中のアナウンサーが、「現場は惨憺たる状況です。まもなく担架に乗せられた7、8歳の少年が運ばれて来ます」と語った。ところが、その後この少年に関する報道は途絶え、まるで神隠しにあったように少年の消息は出て来なくなった。残骸と遺体が散乱する山深い現場で報道陣が生存を伝えた少年や少女は、いったい誰が消し去ってしまったのだろうか。

ろくに捜索しないうちから全員死亡を宣言する自衛隊指揮官。二度焼きされたような遺体。そしていったんは詳細に伝えられながら、いつの間にか消えた生存者情報。ようやく救助活動が始まった墜落現場は、ありきたりの理屈では説明のつかない怪奇現象、いや超常現象だらけ。まるで殺りく・虐殺の現場のようだった。

◆自衛隊特殊部隊の暗躍

１２３便墜落から一時間余りが過ぎた8月12日20時ごろ、上野村「三岐」には総勢１００人にもなる自衛隊の一団が集結していた。上野村「三岐」は、御巣鷹山に登るために土地の人が必ず経由する場所だ。この部隊は上野村住民の道案内がないにもかかわらずこの場所を知り、周辺を道路封鎖して住民を寄せ付けないようにした上で何かの合図を待っているように静かに待機していた。

21時30分過ぎ、御巣鷹の尾根のある方向から信号弾が上がった。その信号弾に呼応するように、集結していた部隊は整然と行動を開始した。墜落現場に向かって山を登り始めたのだ。この21時30分とは、あのアントヌッチ中尉らが現場上空から撤退させられた時刻だ。現場上空から米軍機が去ると同時に、待ち構えていたように自衛隊の一団が現場に向かい始めたのである。だが、この自衛隊の一団の目的は、１２３便の乗客乗員の捜索や救助ではない。彼らに課された任務は、１２３便の墜落現場から自衛隊の関与の痕跡を一切消し去ることだった。

無人標的機の衝突、横田基地への着陸の阻止、そしてミサイルを使っての撃墜。その痕跡を一つとして残さないというのが、当初からの政府・自衛隊の意思だ。そのためにやるべきこととしてすぐに思い浮かぶのは、機体に付着した無人標的機やミサイルの残骸を誰にも知られずひそかに回収することである。ただし、それには123便自身の残骸と標的機やミサイルの残骸とを選別する必要があり、機体に関する専門的な知識も必要で自衛隊員には無理だ。現場に入り込んだ部隊が暗い夜間に回収できるものには限りがあるかもしれない。

だが、痕跡を消し去るためにやらなければならないことは、もう一つある。何かを見聞きしていたかもしれない人間、乗客乗員を、目撃証人をこの世から消去することだ。

123便が墜落するまでに機内で起きたさまざまなできごとは、乗客乗員の脳裏に大小の記憶のかけらとして刻みつけられている。その記憶のかけら一つが、後の事実解明につながる重大な鍵とならないとも限らない。生存者の記憶は、政府・自衛隊にとっては大きな脅威なのだ。逆に生存者がいなければ、あとは情報の隠蔽と操作を重ねることでどのようにでも取り繕うことができるということは、過去の雫石事件でも経験済みだ。

墜落現場に生存者がいないことを確かめること。そして生存者がいた場合には、その命の灯を確実に消して回ること。それが正確な墜落現場が知れ渡る前に自衛隊がやるべきこと、救助活動に熱心な米軍を立ち去らせた後の御巣鷹の尾根でやるべきこと、そして「スゲノ沢」目指して地元の消防団などがやってくる前にやるべきことだった。群馬県警が地元住民の現場急行

を阻んで時間を稼ぐ間、難解な地理をものともせず住民の道案内なしで整然と進軍しはじめた

この部隊は、その極秘命令を担う部隊、すなわち特殊暗殺部隊だった。

◆驚愕の目撃証言

この特殊部隊と思われる一団を現場の山中で目撃した人物M氏の証言が、角田四郎氏著『疑惑』（1993年）の中で紹介されている。

夏休みの帰省先で123便の墜落を知ったM氏はオフロードバイクに乗り、友人と二人で現場に向かった。山と尾根を越え、現場近くでは上空のヘリの音や光を目標に走り続けた。6、7時間も走り抜いて墜落現場付近にたどり着いたのは早朝4時ごろのことだ。

そこで彼は、100人ほどの自衛隊員を目撃している。暗視ゴーグルを装着し、片手には抜身のアーミーナイフ、足に履いているのは急峻な山での作業に適した短靴。後にやってきた一般の自衛隊員とは、明らかに異なるいでたちだった。彼らはしきりに何かを回収し、大きな袋に詰めている。上空にはヘリがホバリングし、集めた袋を吊り上げているのがわかった。

M氏は、たどり着いた現場で40人か50人ほどの人々のうめき声を聞いている。ところが、現場に居合わせた大勢の自衛隊員たちは何かの回収作業には熱心だが、生存者には手当ても声かけもしない。それを見て、M氏は不審に思った。

「自衛隊の人たちがいる以上、自分が出来ることは負傷者のいる場所を教え、早く救助しても

らうことだと思い、うめき声のするあたりを探してはその場所を隊員さんに伝え、早い手当を頼んでいました。ただ、自衛隊員さんの対応には不信感を覚えました。『下手に動かすと危険なので、後から来る部隊が手当てをすることになっている』と言うだけで何もしようとしないんです」

やがて山を下りるころ、M氏は先ほどは聞こえていた大勢の生存者のうめき声が一つも聞こえなくなっているのに気付いたという。

このM氏が見たできごとは、生還した川上慶子さんが祖母に語った有名な証言を思い出させる。

「墜落した後、ふと気が付いたら、周囲は真っ黒だった。あちこちでうめき声が聞こえ、私の両親もまだ生きていたような気がする。しばらくすると、前方から懐中電灯の光が近づいてきたので、助かったと思った。その後、また意識がなくなり、次に目が覚めると明るくなっていたが、救助の人は誰もいなくて、周りの人たちはみんな死んでいた」

現場にいち早く入り込んだ自衛隊の一団が歩き回った後、たまたま意識を失っていた人を除く生存者がことごとく息絶える。いわばそれは、生存者掃討作戦だった。

いち早く現場に入り込み、何かを回収してヘリで運び出す自衛隊員。その姿は、M氏とは別に現場に入った私立大学の深井教授によっても目撃されている。教授とそのゼミ生は近くの合宿先で１２３便墜落を知り、13日朝7時ごろに徒歩で墜落現場に到着した。教授は手記の中で遺体の断片などが散乱する現場の状況とともに、夜が明けているのに墜落現場で捜索救助が行われていないことを書き記している。だが、現場周辺が無人だったわけではない。教授らは南側斜面で活動する自衛隊員たちを目撃したのだ。

「南側のスゲノ沢急斜面で、自衛隊のヘリが何かを吊り上げている」

後に生還者4名がヘリで搬送されたのは午後になっての話で、教授が目撃したのはそれとはまったく別のヘリだ。先のM氏の証言と合わせてみれば、現場には早い段階から自衛隊が乗り込み、捜索救助とは別の活動が行われていたことがわかる。自衛隊の関与を疑われそうな自衛隊無人標的機やミサイルの残骸回収作業であり、生存者を消し去る掃討作戦だった。

回収作業や掃討作戦を行うには、世間の目を遠ざける必要がある。一刻も早く現場に駆けつけたいと願う家族や、救助活動を急ごうとする人々の目だ。現場の位置情報の混乱や自衛隊の救助活動の遅延、米軍への退去要請。これらはいずれも、あらかじめ見られてはならない物を回収し、いてはならない生存者を消すための時間を作りだすための工作だった。そして、その工作は救助活動に向かおうとしている一般の自衛隊員たちにも向けられた可能性がある。

123便が墜落して1時間ほどが過ぎた20時ごろ、墜落事件のニュース特番に切り替わっていたNHKの放送画面に臨時ニュースのテロップが流れた。ごく短いテロップだが、それは驚くべき内容だった。

〈待機命令に反して救出を急いだ自衛隊員を射殺〉

ＮＨＫによる墜落関連のニュース特番。その緊迫した全国放送の真っ最中、自衛隊員が射殺されたというテロップが流れたのだ。その後、長野県警の発表として「数名の自衛隊員射殺」という報道もなされた。後にこれらは「誤報」として取り消されたし、当時視聴者はそのあまりの内容ゆえに、単なるトラブル、情報の錯綜の一つだと思った。だが、緊迫したニュース報道の最中、これほど異常な内容を伝えるニュースをＮＨＫが間違って流したりするだろうか。

当時、捜索救助活動を担う一般の陸上自衛隊員たちは入山せず、朝までの待機を命じられていた。だが、人命救助を大切な任務だと考える一般の隊員の中には、災害救助などの例に照らして一刻も早く現場に入るべきだと考える者も多かったはずだ。そのような自衛隊員に大挙して現場にやって来られると、特殊部隊は極秘裏の残骸回収も掃討作戦も行うことができない。

待機命令に反した者は射殺。一般の視聴者にとってそれはとんでもない誤報として処理されたが、待機中の一般隊員にとってはみだりに現場に近づくなという強烈なメッセージ警告として機能したのではないか。

さらに後に明らかになったことだが、東京では自衛隊と警察が墜落地点の管轄権をめぐって争っていた。本来、墜落場所の管轄権が警察にあることは警察法で明示されているが、なぜかこの１２３便墜落事件では自衛隊がいち早く派遣され、現場の実質的な管轄権を握って行動した。当時、自衛隊が「災害派遣」で動くためには「県知事からの要請」が不可欠であり、かたくななまでにこの規則に忠実な自衛隊は災害時に自らの意思で部隊を派遣したことはなかった。

ところがこの１２３便の事件の時だけは、陸上自衛隊幕僚長が「災害派遣」を独自の判断で決定したと報じられている。当時の法律の規定を逸脱してまで自衛隊が部隊を派遣し、現場の主導権を警察から奪い取ったのは、他に邪魔されずに自衛隊が行動しなければならない理由が自衛隊側にあったから。つまり、自衛隊が墜落事件に関わったからに他ならない。

こうして特殊部隊が掃討作戦を終えた時、政府・自衛隊は関与の痕跡を完全に消去したつもりになったはずだ。その彼らにとって４名の生存者の発見は驚愕すべき事態であり、途方もなく大きな誤算だったに違いない。生存者が残ったことによって権力は、さらに大掛かりな隠蔽工作の必要に迫られたからだ。

それは１２３便墜落事件のいわば「第二幕」、すなわち今日まで32年間に及ぶ国家規模での隠蔽事件が幕を開けることを意味した。４名が生き残ったことを機に事件の直接の担い手は「運輸省航空局」（現国土交通省）や「事故調査委員会」、「日航」に移り、彼らのもとで息の長い巧妙で陰湿な隠蔽工作が始まったのである。生存者発見の数日後には、早くもその予兆とも言える動きが見え隠れしはじめた。

10 「事故調査報告書」という名の虚構

◆新たな隠蔽工作の予兆

4名の生存者が藤岡市の多野総合病院に収容されたのは、13日の14時ごろだった。翌14日、重傷のけが人への扱いという点から見ても事故や事件の捜査の常識から考えても信じがたいことが起きる。日航役員の松尾芳郎氏と真弓義康氏の2名が「見舞い」と称して落合由美さんを病室に訪ね、その場で事情聴取めいたことをしたのだ。

落合さんは、病院に収容されてからまだ20時間も経過していない重傷のけが人だ。骨盤骨折、左上腕と前腕の骨折、全身擦傷という大けがを負い、体中に包帯を巻かれている。機体の異変発生から墜落までの想像を絶する恐怖を経験し続け、多くのあえぎ声が聞こえる山中で16時間も生死の境をさまよった直後。心身に大きな傷を負っているこの時期、家族でもない者が「見舞い」と称して病室に足を踏み入れ、あれこれ質問を浴びせる。それは、どんな理屈をつけても人の道とかけ離れた行為だった。

しかも日航は墜落した123便の運航会社であり、加害者性を疑われる立場にあった。その幹部が、捜査当局に先んじて生存者からいち早く話を聞き出そうとするのも、捜査の常識ではありえないことだ。落合さんが日航社員だったことを差し引いても、いや、社員であればこそ、日航が第三者の監視の目のない病室で何かを聞き出そうとすることなどあってはならない。ここで例の群馬県警がこの面会をどういうわけか禁じなかったのも、捜査当局の姿勢としては不可解なことだ。

この面会の事実はたちまち明らかになり、日航側がメモを取ったことが記者に知られた。記者らの要求で日航はその内容と称するものを公表した。翌15日に報じられ、後に「第1回目の落合証言」と呼ばれるものだ。ところが、その内容には実際に落合さんが病室で語ったこととは異なる中身が含まれていた。

日航が公表した内容によれば、機体後部でのパーンという音の後、落合さんは客室乗務員席下のベントホール（貨物室と客室との間の空気調節孔）が開くのを見たことになっている。それが本当なら、後の圧力隔壁破壊説にとっては好都合な急減圧を思わせる事象だ。だが、これについて落合さんは後日の取材で、そもそも自分の座席からはベントホールは見えないからホールが開いたかどうかは確認できなかったと述べ、日航の発表内容を明確に否定している。つまり、あんなことを言った覚えはない、ということだ。重傷の落合さんからあれこれ聞きだした挙句、その内容に日航は手を加えていたのだ。

加害者性を疑われる身でありながら、瀕死の重傷被害者の入院直後の病室に押しかけて質問を浴びせ、おまけにその口述内容に手を加えて発表する。この時点ですでに、日航は道を踏み外しはじめていた。

＊

１２３便が墜落して間もない8月12日の20時ごろという早い段階で、日航は技術者、整備士からなる「先遣隊」の第１陣を出発させた。当初長野県の御座山方面を目指した先遣隊は、翌13日１時35分には長野県南牧村に到着。そこから北相木村を経て県境を越え、群馬県側の御巣鷹の尾根を目指した。

派遣されたのは技術者や整備士であり、それが生存者の救助や犠牲者の遺体回収とは無関係な任務を帯びた要員だったことははっきりしている。まだ墜落場所もわからずに世間が大騒ぎしているこの時点で日航に技術陣の派遣を要請したのは、誰だったのだろうか。後にこの点を遺族に問われた日航は、「事故調からの要請」だったと答えているが、当時の報道によれば事故調は「頼んだ覚えはない」とコメントしている。だとすれば、要請したのはどこの誰だったのだろうか。異様に早い段階での派遣といい、命令の経緯の不明瞭さといい、先遣隊の動きは謎に包まれたままだ。

14日には、この先遣隊が現場で活動を始めている。現場では無数の遺体の破片の回収作業が続いている最中のことだ。後にその行動の一端が報道で明らかになったことはすでに述べた。

現場に入り込んだ技術者が選別した各残骸には機体の部位を示す荷札が付けられたが、オレンジ色の残骸だけには荷札が付けられていなかったというあの報道だ。一方、日航は当時の作業について、「事故調から指定された作業のみ（残骸の選別）を行った」としている。オレンジ色の残骸報道と日航の説明を合わせれば、日航技術者たちは誰かから現場にジャンボ機以外の残骸があることをあらかじめ知らされ、それをジャンボ機の残骸と選り分ける作業に従事していたことになる。彼らが選別したオレンジ色の残骸は、墜落機の機体後尾に付着していた無人標的機の残骸である可能性が高い。

では、それを命じたのは誰か。作業を指定したのは、本当に事故調だったのだろうか。この時の「派遣構成人員、目的、行動内容など」がどのようなものだったのか。遺族はこの点を問い合わせた。だが、日航は現地派遣団の行動に関しては「非公開」と回答。さらに日航は、「御巣鷹山事故に関する社内の各種記録は、社外へはすべて非公開としております」という釘まで刺した。異様に早い段階で派遣された日航技術者たちが墜落現場で何をしたのかは、32年を経た今も極秘扱いなのだ。

墜落後間もない時刻、乗客家族に詰め寄られ、日航機はミサイルで撃ち落とされたのだと口走っていた役員がいたことを思い出そう。日航は１２３便の墜落直後のこの段階ですでに政府・自衛隊と秘密を共有している。その日航は国の最高レベルからの指示を受け、隠蔽作業すなわち無人標的機やミサイルの残骸とジャンボ機の残骸との選別を手伝った可能性が高い。墜落現場で「指定された作業」の対象が墜落したジャンボ機の残骸だけなら、その作業内容を極秘扱いする理由などないからだ。

＊

墜落機の運航会社として誰よりも公明正大に振る舞わねばならない立場に置かれていた日航が、公表をはばかるような動きを始めていたころ、航空機事故の調査の主役とも言うべき運輸省（当時）の航空事故調査委員会もまた不可解な行動をとり始めていた。驚いたことに事故調は、墜落からわずか4日後の8月16日という時点で早くも圧力隔壁破壊説というシナリオの方向性をほのめかしはじめたのである。

墜落からたった4日後という時点だから、まだ事故調査の最重要プロセスの一つである生存者への聞き取り調査はもちろん行われていない。生存者たちが重傷を負っていることを考えれば、それは当然のことだった。また、123便の機体残骸も回収の最中であり、その残骸の科学的解析や現場から回収されたCVR（コックピットボイスレコーダー）やFDR（フライトデータレコーダー）の解析もこれから。調査は膨大な証拠資料を集め始めたばかりという段階だ。ところが、証拠も集まりきっていないこの時点で、事故調のある委員が早々と「空気噴出説」なるものを唱えはじめた。機体の内側から空気が噴出して機体尾部が破壊された可能性があるという説であり、それは後の圧力隔壁破壊説につながる推測である。この推測が委員の口から転がり出ると、たちまちマスコミも与圧を加えられていた客室の後部から非与圧部への爆発的な空気の流れがあったのではないかという推測を報じるようになった。

17日には123便日航事故機が過去に起こした「尻もち事故」が大きく報道され、この事故の後にボーイング社が修理した圧力隔壁に急速に注目が集まる。それとタイミングを合わせるように、同じ17日には事故調の調査官の一人が「隔壁に6本の亀裂があり、これが減圧の原因としか考えられない」「必然的に圧力隔壁が疑わしい」と断言までしている。後に急減圧現象を明確に否定する落合証言が出たことと照らし合わせて考えれば、生存者への聞き取り調査もしないうちから事件のシナリオが断言された事実は、調査がある予断を持って動きはじめていたことの表れであり、それがマスコミに意図的にリークされることで国民の事件への理解も早い時期から情報誘導されていたことを意味する。

こうして日航が隠密裏に立ち回りはじめ、一方の事故調もろくに調査もせぬうちから圧力隔壁破壊説に向かって世論を動かしはじめた。123便墜落事件の真相究明を阻む巨大な歯車が動きだしたのである。では、その巨大な歯車を回す原動力はどこだったのだろうか。それを探るためにまず、圧力隔壁破壊説の旗振り役を務めた事故調査委員会が何をどのように調べたのか、あるいは逆に、調べなかったのかをたどってみよう。

◆航空事故調査委員会

１２３便の墜落から2年近く経った87年6月19日、事故調による最終報告書「航空事故調査報告書」が提出された。事故調の武田峻委員長が報告書の概要を記者たちの前で発表する姿を、私はテレビで見ていた。これまで何度も述べてきたように調査報告書は、〈ボーイング社による後部圧力隔壁の修理ミスに起因する隔壁の劣化～与圧による隔壁破壊と空気噴出による垂直尾翼とＡＰＵの破壊～それによる操縦不能、墜落〉というシナリオを詳細に語ったものだ。だが、正直に言えば、その時の報道で私が何よりもよく覚えているのは報告書の内容ではなく、報告書の概要を記者たちに説明する武田委員長の様子と彼の謎めいた言葉だ。

テーブルを前にして着席した武田氏の手は、どういうわけか震えていた。記者たちを前にして提出したばかりの報告書について語る声は引きつり、目は落ち着きを失っていた。その表情からは、武田氏がひどく疲れているのが見て取れた。

東京大学を卒業し、航空宇宙技術研究所所長、航空宇宙学会会長を歴任するという輝かしい経歴を持つ工学博士。その人物が世界の航空関係者から注目される１２３便墜落事件の経過と原因を探り、その結果を発表する場面。だが、調査の総仕上げとも言うべき場面に臨んだ武田氏のテレビ画像からは、事実を解明したのだという学識経験者としての自信はもちろん、高名な学者らしい威厳さえ伝わってこない。この時の委員長は、それほどにおどおどし、苦しげでさえあった。

さらに遺族である私が面食らったのは、武田委員長が会見の最後で次のように述べたことだ。

「これですべてが終わったのではなく、この報告書をもとにさまざまな討議、検討を加えて、航空機の安全と事故の再発防止に役立てていただきたい」

彼によれば彼が中心となってまとめたこの報告書は「結論」ではなく、これからの討議や検討のたたき台に過ぎないのだという。2年近い時間をかけた報告書を運輸省（当時）に提出したばかりだというのに、とりまとめの責任者である委員長は苦しげな表情でそう言っているのだ。

事故調の委員長自身、自分たちの作製した報告書が123便墜落事件の経緯や原因を説明できているとは考えていない——。記者会見を見た私はそう思った。

＊

事故調すなわち航空事故調査委員会は74年に設置された運輸省（当時）直轄の組織であり、発足のきっかけはあの71年の雫石事件だった。123便墜落事件の14年前、自衛隊戦闘機が全日空機に衝突して162名全員を死亡させた凄惨な事件。この事件では政府・自衛隊の組織責任の追及があやふやなままに終わり、国民の反感を買った。そのことへの反省から航空機事故の原因究明にあたる専門組織の必要性が叫ばれ、一時は政府から独立した組織の設置も検討された。だが、蓋を開けてみれば、発足した航空事故調査委員会は運輸省の「外局」。政府は事故調を、運輸省直属の外部組織として発足させた。事故調は名前こそ立派だが、権限のない下請け組織だった。

雫石事件を見ればわかるように、航空機事故では航空会社だけでなく行政当局や自衛隊も当事者となり得るから、調査にあたる組織にはこれらの責任を追及できるだけの強い権限と独立性がなければならない。ところが、発足した事故調は運輸省（現国土交通省）に隷属する組織だ。その運輸省は行政当局そのものであり、航空業界とは密接に利害を共有している。しかも運輸省トップの運輸大臣を指揮監督するのは内閣総理大臣であり、それは自衛隊の最高指揮官でもある。その下に連なる事故調がこれらの行政組織に盾突く形で真実の究明にあたることは、組織の成り立ちから言って無理な話だ。

おまけに２００８年に運輸安全委員会に改組された後ですら、その組織は委員長１名、非常勤５名を含む委員12名、事務局22名と小さく、航空局の近くに間借りしている。目撃者への聞き取りや関係者の事情聴取、機体設計や残骸の科学的検証などを行える陣容ではないのだ。任期３年の委員の人選は運輸大臣（現国土交通大臣）が行うが、委員長はたいてい格式の高い大学の学者。委員には航空工学の専門家や運輸省の元役人、航空会社関係者、学識経験者が選ばれる。航空工学に精通した専門家が含まれていたとしても、事故調査に関しては素人同然。研究開発の推論手法と事故調査の推論手法とは真逆であり、事故調査には研究開発とは全く異質な知識と豊かな経験が必要とされる。だが、選ばれた委員たちにはそれがなかった。

しかも委員たちの中には、実際に航空機を操縦した経験のある人がいない。操縦室の状況やパイロットの心理、現場での言動や行動の実態を知らない人たちばかりなのだ。このような人たちがCVRや落合さんの証言、あるいは整備員たちの話を聞いても、それを証拠として活かす事故調査の発想を持つことはできないし、現場に即したリアルな理解もできない。

早々と圧力隔壁破壊説をひねり出したのは航空事故調査委員会という仰々しい名前を与えられているが、これほどまでに独立性に乏しく調査力に限界がある組織に過ぎなかったのである。

◆墜落の事故原因の記載がない「事故調査報告書」

123便の墜落直後から空気噴出説という予断をリークして世論の関心を圧力隔壁に振り向けた事故調は、以後、事件の解析を圧力隔壁破壊説だけに絞り込み、それと矛盾する数々の証言や機体の動き、クルーたちの操縦の様子や機外を撮影した写真といった証拠を分析対象から事実上外していく。これによって垂直尾翼が外部から破壊された可能性は調査の初期段階で排除され、自衛隊機による無人標的機の衝突という事件の背景に国民が気づく可能性の芽は摘み取られることとなった。

冤罪事件では警察が逮捕した相手を最初から犯人だと決めつけ、それに合わせた証拠だけを集めて事件のストーリーを組み立てていく。捜査当局は、自分たちの描いたシナリオにそぐわない不都合な証拠を隠したり捨てたりするし、証拠や証言をねつ造さえすることもある。事故調による123便墜落事件の調査でも、そのようにして冤罪が生みだされる時と同じことが行われた。

まず、事故調の調査では、最も重視すべき生存者の詳細な証言が無視されてしまった。圧力隔壁が破壊された場合に生じるはずの事象と落合さんらが語る123便の機内の様子との間の大きな矛盾は、分析されることなく黙殺されたのだ。

次に、123便が垂直尾翼破壊後も32分間にわたって飛行を続けた事実や、針路をUターン・旋回飛行させて横田基地目前にまで迫っていた飛行経路が意味することについても分析されていない。これらは123便が操縦不能で安全な着陸ができなかったという事故調の仮説と大きく矛盾しているにもかかわらず、その矛盾もまた黙殺されて捨て置かれたのである。

さらに付け加えるなら、墜落後の救出活動の異常なほどの遅れの経緯についても、事故調が自衛隊側の説明を検証することなく無批判に追認した結果、アントヌッチ中尉らの救出活動の存在やそれが日本側の意向で中断させられていたという衝撃的な事実も意図的に長く隠蔽される結果となった。

だが、こうして多くの証言や客観的事実から目を背けることで立ち上げられた圧力隔壁破壊説によるシナリオには、内容への賛否以前のレベルでとてつもなく大きな欠落がある。報告書は圧力隔壁破壊説という仮説の説明には膨大な言葉と資料を費やしているが、事故調査の最大のテーマである123便の「墜落原因」そのものについては何一つ明らかにしていない。事故調査の目的は「墜落原因を明らかにすること」であるにもかかわらず、である。

「墜落」とは、それまで飛んでいたものが突然操縦不能になって墜ちることを指す言葉だ。したがって墜落原因とは、「飛んでいたものがなぜ墜ちたのか」という問いに対する答えでなければならない。ところが、報告書はその答えをまったく明らかにできていないのである。

ここで敢えて仮説は何も差し挟まず、１２３便がたどった経過だけをふり返ってみよう。85年の8月12日18時24分、相模湾上空で垂直尾翼を破壊する何らかの異変が起きた。だが、１２３便が墜落するのは18時56分のことであり、それまで32分間も飛行を続けていた。激しい横揺れに見舞われると同時に機長らが「アーッ」と絶叫した18時55分45秒まで１２３便は飛び続け、３０００ｍもの高度を保っていた。こうした経過をたどっていた機体が突如として猛烈な急降下を始めて墜落したのだから、墜落原因を解明するには急降下墜落直前に何が起きたのかを明らかにしなければならない。

ところが、事故調は墜落から32分も前の垂直尾翼の破壊に焦点を当てるばかりで、突然の急降下が始まった「その時」に起きたことやその原因は調べていない。飛んでいた飛行機がなぜ墜落に転じたのかを調べないということは、墜落原因を調べないということを意味する。それは航空機事故の調査を担う組織として異常な姿勢としか言いようがない。墜落原因の解明こそ事故調査の最大の課題であり、その解明にとっては墜落直前の状況こそ最も重要な判断材料だからだ。

ここでも自動車事故に当てはめて考えてみよう。ある自動車が赤信号を無視して交差点に突っ込んだ結果、横から来たスクーターがよけきれずに衝突してしまった。この場合、事故原因はもちろん自動車側の信号無視だ。警察がそれを突きとめるには、事故直前の信号の状況や運転状況などを詳しく調べるはずだ。それを調べもせず、例えば過去にスピード違反で捕まった前歴があるからといった理由だけでスクーター側を悪者に仕立て上げたとすれば、それは冤罪のねつ造である。

　同様に航空機の墜落事故でも、原因を調べるにはまず墜落直前の飛行状況が分析されなければならない。例えば事故の原因解明に備えて設置されているＣＶＲは、30分のエンドレステープだ。予定飛行時間よりも短い録音時間しか確保されていないが、それはほとんどの墜落事象が異常事態の発生から１分以内に起きるからであり、原因解明には直前の状況こそ重要だと考えられているからだ。事実１２３便も激しい横揺れの発生から45秒後に墜落しており、この直前の異常こそ最大の分析対象でなければならない。

　ところが事故調はこの異常には目を向けず、墜落に関しては〈不安定な状態での飛行の継続ができたが機長の意図通りの飛行をさせるのは困難で、安全に着陸、着水させることは不可能であった〉と語って済ませるばかり。飛行状態の急変の理由に一言も言及していないばかりか、それまで操縦性が確保されていた事実から目をそむけ、緊急着陸や不時着が試みられた可能性も一切検討していない。つまるところ事故調は、事故調査の最大の目的である墜落の事故原因そのものについては調査解明しなかったのだ。
　報告書が発表された後、メディアも国民も報告書に登場する圧力隔壁破壊という目新しい事象に目を奪われ、修理ミスが隔壁の劣化と破壊に至るという説明に引き込まれた。矛盾する証言やデータはあらかじめ排除されて書かれたシナリオだから、それは落合証言などを知らない人にはもっともな話に聞こえた。こうして人々は墜落原因からズレたところで展開される物語を読み聞かされて何かが分かった気にさせられ、それが墜落の原因であるかのように錯覚させられたのだ。

*

「事故調査報告書」と銘打ちながら、32分間も飛行してきた123便がなぜ突然墜落したのかという肝心の点について解明しようとしていないではないか。〈圧力隔壁破壊というシナリオと、機内の空気が動かなかったという落合証言との矛盾をどう説明するのか。〉〈操縦不能に陥ったというシナリオと、32分間に及んだ飛行やその過程での巧みな螺旋降下等との食い違いをどう説明するのか。〉〈墜落が始まる直前の機体の激しい横揺れや墜落地点のはるか手前に水平尾翼が落ちていたことを、いったいどのように説明するのか。〉
　これらの瑕疵について、私はこれまで事故調や国土交通省・航空局に公開質問状を送り、日航の技術者との会議でも質問を重ねてきた。だが、事故調や航空局は一切無視を決め込むし、日航の技術者の方は聞かれたことのうわべだけをとらえた答えを返すだけ。さらに日航の技術者に至っては、具体的事実を突きつけられると答えに窮した挙句、「事故調の言うように考えても筋が通らないわけではない」「事故調の結論を信頼している」という言い訳論法に逃げ込むことをくり返してきた。

質問状や会議席上での質問で私が投げかけるのは、さまざまな証言や記録に基づく事実と事故調報告書に書かれていることとのズレだ。日航の技術者らが私のこうした指摘を的外れだと本気で考えるのなら、彼らはさまざまな証言やＣＶＲ（コックピットボイスレコーダー）などの記録などの事実に基づく根拠を示し、事実と報告書の間にズレがないことを証明してみせなければならない。だが、そのような反例や証言を見つけられない日航の技術者は、反論する代わりに「このように考えればあり得ない話ではないのではないか」という論法に逃げ込もうとする。一例を挙げれば、「機体から部品が落下した時は必ずその飛行経路下に落下する筈だが、実際には水平尾翼が事故調の飛行経路図から５００ｍも真横右方向に落下している」と述べ、報告書の矛盾を指摘した。これは、当時の群馬県警本部長さえも後にその著書で「飛行経路から右横５００ｍの地点に落下することは有り得ない事象」だと記述して批判しているほどの大きな矛盾である。

ところが、この矛盾を指摘された日航の技術者は、墜落の衝撃で水平尾翼だけがブーメランのように回転して空を舞い、右真横に５００ｍ離れた場所まで飛んで行くこともあり得るのではないかと答えた。このように、何か指摘されると「こう考えればあり得ない話ではない」という論法で逃げ道を探す。その思考回路は、多くの事例に基づいて無謀運転が事故につながることを諭す大人に対し、「運転がうまいヤツなら大丈夫かもしれねーだろ」とすごんでみせる暴走族に似ている。多くの事例や事実に基づいて誤りを指摘しても、「こう考えたっていいではないか」「こう仮定すればあり得ない話ではないではないか」という論法でするりとかわし、「だからこれが正しい」と言い張る屁理屈である。この姿勢こそ、事故調報告書が科学的、技術的に発生事象を説明できていない仮説に過ぎないこと、つまり嘘であるということの証明だと言える。

さらに、事故発生から10年後に明らかになったアントヌッチ中尉の衝撃的な告白証言がなされても、事故調はすでに発表した「隔壁破壊説」報告書を修正、訂正しようとしない。事故調は真実を隠蔽して嘘の事故報告書を公表した事態を認めることができないため、報告書内容を是正することもできずに思考停止に陥るほかなかったのだ。

◆「演繹法」に依存する事故調査の過ちと冤罪の危険

事故調に歩調を合わせる日航が屁理屈同然の言い分をくり返すのは、事故調や日航が事故や事件の調査で本来用いるべき「帰納法」ではなく「演繹法」による思考に立ち続けているからだ。

「演繹法」とは、ある大前提やルールから結論を導き出す思考のあり方を言い、「三段論法」とも呼ばれる。よく知られた例として、〈すべての人間はいつか死ぬ。↓ソクラテスは人間だ。↓だから、ソクラテスはいつか死ぬ〉という三段論法がある。ここでは「すべての人間はいつか死ぬ」という大前提は例外なく正しいし、ソクラテスが人間であるというのも間違いようのない事実であり、「だから〜」で導き出さる結論も正しい。このように、最初に置かれた前提や途中の観察結果に解釈のばらつきや例外がない場合、演繹法は自分のひらめきを相手に納得してもらうのに有効な論理展開の方法だ。

ところが、事故や事件では数多くの証拠があり、それぞれに多様な解釈があり得る。その場合、特定の証拠や解釈だけが都合よく選び出されて前提に据えられると、演繹法は作り話をもっともらしく見せる手段になってしまう。

例えば、Aさんが知人のBさんを自動車ではねて死なせてしまうという事故があったとしよう。ここで事故捜査にあたった刑事が「人は恨んでいる相手を殺すものだ」という自分の着想（ひらめき）を前提に置いて演繹法的な思考で捜査を始めてしまうと、ただの交通事故も殺人事件に仕立て上げられかねない。〈人は自分が恨んでいる相手を殺すものだ。↓Aさんは Bさんを恨んでいた。↓だから、AさんはBさんを殺した〉という筋書きを導き出し、それに都合の良い自白や証拠だけを集めることでAさんを訴追して犯人に仕立て上げ、挙句の果てに何十年も後になって冤罪が判明することに繋がってしまうのだ。

冷静に考えれば、この筋書きにはいくつもの無理がある。まず、そもそも「人は恨んでいる相手を殺すものだ」とは限らない。刑事の「ひらめき」そのものが多くの可能性の一つに過ぎず、すべての人にあてはまるわけではないのだ。また、Aさんの口から「Bさんを恨んでいた」という自白を得たとしても、「恨む」という気持ちの程度は多種多様で、殺すほどの恨みかどうかは他の人々の証言や2人の交友歴などを洗わなければ判断できない。ひょっとしたら「貸した本をなかなか返してくれないので苛立っていた」という程度の恨みかもしれないではないか。Aさんが Bさんをはねたという事象さえも、それが意図的な行為だったかどうかは現場の物的証拠や目撃証言を積み重ねなければ判断できない。このように多様な想定が成り立つ事件や事故の場合、「ひらめき」や「アイディア」を前提に置き、その前提にふさわしい証拠を拾い集めて結論を導き出す演繹法では真相の解明はできない。演繹法的な思考でもっともらしい「お話」を組み立てることは、事故や事件の調査では危険極まりないことなのだ。

だからこそ事故や事件の捜査では、刑事や捜査官が足を棒にして証拠や情報の収集に走り回り、集められた膨大な証拠類が科学的に分析される。「ひらめき」や「アイディア」といった前提にとらわれることなく多くの証拠を収集・分析し、その証拠が共通して指し示す事実に基づいて事故・事件の真相に迫ろうとするのだ。このような思考法は「帰納法」と呼ばれ、〈ソクラテスは死んだ。プラトンも死んだ。→彼らは共に人間だ。→だから、人間は全員いつか死ぬ。〉という例がよく知られている。この例ではさまざまな「死」の例が証拠として積み重ねられ、多くの事例に共通する事実が抽出され、そこから一つの結論が導き出される。事故や事件の捜査では、このような「帰納法」に基づく思考手順が不可欠なのである。

ところが、事故調はボーイング社の修理ミスという一つの事実をもとに、〈修理ミスに伴う圧力隔壁の劣化が隔壁破壊を起こした〉という仮定（＝ひらめき）を先に前提に置いてしまった。隔壁破壊が起きたかどうかは、他の証拠や証言を集めて検証しなければ仮定の域を出ない。ところが事故調はその検証を意図的に怠り、この仮定を否定する落合証言を無視することで隔壁破壊をすべての思考の出発点に据えたのである。それに基づいて事故調は、「だから〜」という論法で〈機内空気が噴出して垂直尾翼が破壊された〉というさらなる仮定を重ねる。ここでも垂直尾翼の残骸を回収・分析しなければ仮定の真偽はわかるはずがないのだが、事故調はそれをせず〈だから操縦が困難になった〉という次の仮定を導き出す。操縦困難だったかどうかはCVR（コックピットボイスレコーダー）やDFDR（デジタルフライトデータレコーダー）、地上の目撃証言などから操縦の軌跡を検証しなければ判断できるはずがないのだが、すでに述べてきたように事故調はそれもしない。「意図通りの飛行が不可能になった」「着陸が不可能だった」という仮定が正しいかどうかは32分間に及ぶ飛行状況とクルーの会話を丁寧に分析しなければ立証できないのに、その分析と立証が行われていないのだ。こうして検証されていない仮定が前提に置かれて次の仮定を呼び、それがさらなる仮定の呼び水になるということがくり返される。事故調報告書は未検証の仮定を前提に置き、「だから〜」という形で次の仮定を導く演繹的思考をくり返して組み立てられた「お話」に過ぎない。まさにそれは、「風が吹けば、桶屋が儲かる」と同じ類の稚拙な話なのである。

だが、演繹的な思考で事故や事件の真相解明が可能だと勘違いしている人間は、こうした瑕疵を批判されても何が批判されているのかわからない。「こう考えればつじつまは合うではないか」という屁理屈を合理的な論理だと勘違いし、それに対する疑問や批判を浴びるといわれのない難癖をつけられたとでも思って煙たがる。こうしてスピードの出し過ぎを咎める大人に対して「運転がうまけりゃ大丈夫かもしれねーだろ」と激高する若者と同じ論法がくり返されるわけだ。

どんなに諭されても自己中心的な屁理屈にたてこもる若者が事故でケガをするのは、乱暴に言えば「自業自得」で済む話かもしれない。だが、罪のない520名もの命が失われた123便の墜落事件では、調査の基本的な手法である「帰納法」を用いずに恣意的な論法を重ねる「演繹法」がわざわざ用いられたことを見逃すわけにはいかない。事故調が敢えて「帰納法」ではなく「演繹法」を用いたことにより、自衛隊の無人標的機の衝突に端を発してミサイルによる撃墜にまで至る事件の真相が覆い隠されているからである。事故調が、事件・事故の科学的調査で取るべき「帰納法」的な思考に立ち返り、改めて123便墜落事件を調査し直すこと。そのこと抜きに、事件の真相は決して明らかにならない。

このように誤った手法から導かれた虚構を事故の「真相」であるかのように言う事故調査委

員会には何の存在意義もないばかりか、かえって国民をあざむいて真実を隠蔽するその活動は国民に害毒を与えるだけだ。事故原因の究明という本来の業務目的を果たさないばかりか国民を真相から遠ざけるという深刻な被害を与える機関は　即刻解体すべきだろう。

だが、事故調査には深い知識と長い経験が必要であり、すぐに公正な事故調査を実施できる機関の設置は困難だ。したがって、日本での事故調査は当面は米国のＮＴＳＢ（国家運輸安全委員会）に依頼・委任し、その間に事故調査能力のある独立性の高い調査機関を育成すべきであることをここに提起しておきたい。

だが、ここで大きな疑問が湧く。いかに事故や事件の捜査のノウハウを持たないとはいえ、事故調の委員長は航空宇宙学会会長まで務めた経験を持つ工学博士すなわち一流と目されてきた科学者である。その科学者がトップに立つ事故調が、科学的分析の基本を大きく踏みはずした報告書をまとめたのはどうしてなのだろうか。

ここで私は再び、事故調報告書を発表する記者会見での武田委員長の姿を思い出す。報告書発表の記者会見で自信のなさを言外に覗かせた武田委員長は、思考方法の誤りが歴然としている調査報告書を発表せねばならない研究者としての良心の呵責と苦渋を隠せなかったのではないか。それを隠さなかった分、彼は誠実だったと言えるのかもしれない。一流の科学者である武田委員長に、あれほど苦渋に満ちた会見を強いたのは、いったい誰だったのだろうか。

11　日航123便墜落事件の真実

◆事故直後には真実を知っていた報道陣――政府は真実の報道を禁じた

鋭敏な嗅覚を持つはずの日本の新聞、雑誌、放送などの報道記者。彼らはこの世界最大の航空機事故に関わった自衛隊や行政、警察、有識者、目撃者、遺族などに接触、取材を重ねたはずだ。その彼らは、標的機の衝突から横田基地、川上村への不時着、ミサイル撃墜、救助不作為といった自衛隊、政府の関与について何も知らなかったのだろうか。

そんなことはあり得ない。1980年代当時、国民の根深い戦争忌避感情から自衛隊への不信、疑念は深く、このため自衛隊は国民の不信感を取り除くために情報開示に非常に積極的であったし、報道陣には常に密接に接触して情報開示を行っていた。

＊

すでに記述したが、ある情報によれば85年8月12日、123便が墜落したその日、百里基地の航空自衛隊の基地司令官（当時）から一人の男性に電話が入った。この時、司令官は男性に標的機の衝突の事実をあけっぴろげな調子で語ったという。基地司令官が旧軍の友人にこのような重大な衝突事故を電話で話すほどなのだから、事故の情報は基地と関係が深い記者や墜落現場で取材した記者の耳にも入るはずだ。

事実、某新聞社の記者は事故から数十年を経て退任した後、「自分が現場に行って、自衛隊機に当てられたというスクープ記事を書いた。13日0時には、その記事が13日の朝刊第一面に掲載されることがきまった。ところが、翌朝の新聞に、自分の書いたものとは全く違う記事が載せられたのを見て、仰天した」と後輩に告白している。記事が政府の知るところとなり、報道禁止の圧力が加えられたからであることは想像に難くない。このころ、政府や自衛隊は123便が自損事故で墜落したことにしようと画策していた段階であり、ここで自衛隊標的機が衝突したとの報道がなされたら、それこそ取り返しがつかなくなるからだ。だが、この種のスクープ記事はマスコミ関係者の間ではすぐに伝わる。記事そのものは配信されなかったが、その内容は瞬く間に伝わり、報道関係者の間では公然の秘密になったのである。

＊

これとは別に、墜落後の早い段階での現場取材をめぐっても事件があった。某新聞社記者は、自衛隊ヘリが墜落現場からオレンジ色の残骸を吊り上げる写真を撮った。本社に送られたその写真は、翌朝の朝刊トップに載るはずだった。ところが、この写真はなぜかボツになった。その時点では、写真撮影した記者自身、このオレンジ色の残骸の持つ意味を知っていたわけではなかった。だが、後に自衛隊の機材にはオレンジ色の塗装がされていることが分かり、やっとその重大性を認識したという。これも自衛隊標的機が日航123便に衝突したことを証明する重要な証拠であったからだ。その証拠写真が突然ボツにされたこともまた、政府から掲載を禁止する強い圧力が加えられたことを物語っている。

＊

このように、123便事故に関して政府はマスコミに禁止通達、箝口令を出して隠蔽を図ったので、その確実な証拠が見つかることはないであろう。

しかし、このような隠蔽を図る権力者が横暴な威嚇、脅迫的言動をするものであることを、図らずも自身の著作の中で告白した人物がいる。その人物は当時の群馬県警本部長・河村一男氏。彼は群馬県の管轄部署の責任者として陣頭指揮を執った後、中国管区警察局区長に昇進し、2004年に『日航機墜落―123便、捜索の真相』なる著書を出版している。河村氏は群馬県警部隊をいち早く上野村に派遣したが、捜索、救助行動で疑惑の指示、命令を出した人物だった。

河村氏はこの著書の中で、角田四郎氏が著書『疑惑』（1993年）の中で「隔壁は破壊していない」「自衛隊標的機が衝突した」「横田基地に着陸出来た」「ミサイルで撃墜された」「自衛隊、警察は救助を意図的に不作為」と記述したことに激怒し、電話で角田氏に抗議して謝罪文を掲載させている。さらに角田氏が「新潮45」3月号に投稿発表した内容にも抗議し、「新潮45」は〈お詫び〉の文章を編集部長名で掲載させられた。さらに河村氏は、「隔壁破壊がなかった」と主張した藤田日出男氏の著書『隠された証言―日航123便墜落事故』(2003年)についても厳しく糾弾している。

河村氏は旧日本軍の幼年学校生であった。それだけに上位の権力者を守ろうという気概が強く、このような暴挙に出たのであろう。県警レベルの責任者に過ぎなかった彼ですらこのような反応を示したことを見れば、当時の日本の最高権力者がより冷静に、だが、組織を使ってより大掛かりな隠蔽工作を命じたであろうことは、元内務省を経て元日本軍高級軍人となったその経歴からも推測できることではないか。

自衛隊の不祥事の隠蔽のために横田基地に着陸できる123便の着陸を禁じ、ミサイルで撃墜させ、520名を殺害することを命じたことが疑われる当時の中曽根総理や自衛隊幕僚長。この仮説に立てば、彼らが殺害事件の隠蔽のためにマスコミに強力な圧力を加え、それによって報道各社が完全に萎縮し、真実報道の権利を放棄したと推測することができる。正義と自己保身の狭間に立った報道各社もまた、完全に自己保身を選択し、使命である正義の真実報道を放り出したのである。

＊

この深刻な事態を確信したのは、事故から30年を経た２０１５年3月に私が著書『日航機墜落事故　真実と真相』を出版した時だった。

この本は日航機事故の真実を究明した画期的なもので、マスコミは当然スクープとして取り上げてくれるものと予想していた。私はこの本を遺族、友人だけでなく、マスコミ各社、及び政党代表に配布した。だが、何とどこからも「受理した」との連絡すら無かった。私はこれほど落胆したことはなかった。

マスコミだけでなく野党の政党代表からも一切連絡が無かったことを一体どのように考えれば良いのか、私は困惑した。遺族が事件を科学的、技術的に目撃証言、ＣＶＲ、ＤＦＤＲなどを分析して事故調査の手法である「帰納法」で究明したにもかかわらず、このような反応しか示せないというのは日本国家の指導者として、国民として、人間として如何なものか。私にはとても理解できない事態であった。だが、これらの人々の間で、当時の最強権力者が自己保身、権力維持のために無辜の民５２０名を殺害したことがほぼ公然の秘密であったと考えれば辻褄が合う。それは、北朝鮮で暴虐政治を続ける金正恩氏に多くの官僚らが忠誠心を競っているのと同じだ。ある人は「中曽根氏の死後に事態は動くかも」と言う。だが、それでは今の日本には正義も公正も憲法もないことになる。日本は１２３便事件から後、民主主義国家だとの看板を外さねばならない事態に陥っている。一旦死亡宣告を受けたはずの「治安維持法」が復活し、堂々と生きているのに等しい社会なのだ。

◆姿を消す「加害者」たち

１９８５年８月12日18時56分、群馬県上野村に５２４名の人間が墜ちてきた。うち重傷の４名だけは生き延びたが、それ以外の５２０人が死亡という惨劇。山間に暮らすわずか１５００人ほど（当時）の村は、突然降ってきた５２０人もの死者を抱えることになった。法律上、墜落死した５２０人はいわゆる「行き倒れ死者」として扱われる。小さな過疎の村は、人口の３分の１を超える数の行き倒れ死者を供養する責務を負わされたのである。やがて慰霊施設を作るという話が持ち上がった時、村は広大な村有地山林を提供してくれた。人情に篤く、犠牲者への想いの深い純朴な上野村の人々。その協力がなければ施設建設などあり得ない話であり、遺族は今も決して上野村に足を向けて寝ることができないほど感謝し続けていることは特筆しておきたい。

だが、村には設備建設の費用まで負担する義務などないのはもちろん、財政的にもそれは無理な話だった。それでも村が提供してくれた数千㎡に及ぶ山林は平地に姿を変え、そこに壮麗な慰霊碑や納骨室、管理棟や休憩棟などを備えた慰霊設備が建設された。

かつて舗装もなく大半が片道一車線だった山道は立派な二車線道路に様変わりし、墜落地点にたどり着くために歩かねばならない険しいけもの道も途中まで車で通れる道になった。費用10億円のすべてを日航が拠出したからだ。

この費用負担のあり方じたい、123便墜落事件の責任をめぐる不可解な矛盾の縮図となっている。圧力隔壁の修理ミスに起因する事故だという事故調から「主犯」として名指しされたボーイング社も、修理ミスを検査検証できなかった責任を負う運輸省（現国土交通省）航空局も、この施設の建設にはお金を払ってはいない。事故調報告書のシナリオが政府の「結論」であるならば、墜落事件の責任は第一にボーイング社、次いで日航と航空局の三者にある。ところが日航のみが加害者役を引き受け、ボーイング社も航空局も、慰霊の責任を一切背負おうとはしていないのだ。事故調の描いた事件のシナリオを、両者は初めから信じてなどいないという証しである。慰霊施設を運営する法人「慰霊の園」が設立された際、上野村村長が理事長を引き受けたほか複数の村民が理事に就任。これに加えて「遺族代表」と「日航の代表」も名を連ねることになったのだが、ここでもボーイング社と航空局は加わっていない。矛盾はどこまでも上塗りされているのだ。

さて、この慰霊の園では毎年8月12日に多くの人々が集まり、荘厳な慰霊式典が挙行される。ここには数百人の遺族のほか県知事や国会議員、著名人らが出席するのに加え、百人以上の報道関係者が殺到する。現在では衛星中継車まで持ちこまれ、12日夜7時のニュースで式典の模様が放映される。遺族の悲しみの登山姿として孫の手を引いて登山する遺族にカメラが向けられ、慰霊碑の前で供養する姿、前夜の灯籠流しなどが涙を誘う映像として流れる。だが、この報道で墜落事件そのものの原因をめぐる議論が取り上げられることはない。式典会場で原因をめぐる話をしても、新聞記者たちがそれを持ちかえって記事にすることもない。航空史上最悪の惨事の犠牲者たちを弔う荘厳な式典の「絵」は報じられても、惨事がなぜ起きたのかには誰も触れようとしないのだ。政府の「結論」に即した形で、事件を解決済みのできごととして扱うこと。メディアは権力者から、圧力を掛けられ、そのように情報統制され、方向づけられている。

今、その権力者たちは人々の目を墜落事件の真相に向けさせないように努めるだけでは飽き足らず、事件を人災ではなく天災のようなものとして記憶させようとさえしている。そのことに気づいたのは、式典参列者に配られる「追悼慰霊式次第」に目を落とした時だった。式次第を広げた私の目は、紙面の奇妙な文言にくぎ付けになった。

「遭難者」。慰霊式次第は墜落で犠牲になった520名を、こう呼んでいるのだ。

123便墜落事件では、何の落ち度もない乗客が機体もろとも墜落死させられた。万歩譲って事故調の言う圧力隔壁破壊説に立つとしても、亡くなった乗客たちは隔壁修理ミスが引き起こした事故の「被害者」であり「犠牲者」だろう。ところが式次第はその建て前さえかなぐり捨てて死者たちを「遭難者」と呼び、津波、火山噴火のような天災による死者と同様に扱おうとしている。これを見て思い出したのは、日本航空が遺族への誠実な対応の窓口として作った相談室の名前だ。相談室の名は「ご被災者相談室」。ここでも「被害者」や「犠牲者」という言葉はさりげなく避けられているのである。

「被害者」や「犠牲者」ではなく「遭難者」「被災者」。これは123便墜落事件を単なる天災、偶然の不幸として記憶させようという意図的な言葉の操作だ。「被害者」がいれば必然的にどこかに「加害者」がいる。だが、「遭難者」や「被災者」と言い換えてしまえば、「加害者」や「責任者」はどこにもいないことになってしまう。123便墜落事件は時間によって風化しているだけでなく、意図的に事件性を脱色させられ、加害者のいない自然災害のようなものへと置き換えられようとしているのだ。

日航のみに加害者役を演じさせ、最後には事件を天災か何かのように蒸発させてしまうこの歴史の書き換えとも言える壮大なプログラムを組み立て、実行してきたのは誰なのだろうか。墜落直後から日航社員を動員し、現場での残骸選別作業を手伝わせた者。調査もせぬうちから事故調にいち早く圧力隔壁破壊説を唱えさせ、墜落原因なき事故調報告書を作成させた者。その者たちと私が向き合ったのは、123便墜落から31年目の夏、2016年8月12日の慰霊式典でのことだった。

◆隠蔽の首謀者は航空局

圧力隔壁破壊説の上に立つ事故調のシナリオによれば、最大の加害者とみなされるべき「ボーイング社」であり、次いで修理ミスを見逃した「日航」やそれに運航許可を与えた「運輸省（現国土交通省）航空局」に責任が生じる。だが、最も大きな加害責任を負っているはずのボーイング社は、慰霊式典に姿を見せたことはない。事故調の描くシナリオが「定説」扱いされている中でこれは大きな矛盾だが、世間でその矛盾に気づいている人はまれだ。さらにこれまで問題にされる機会が少なかったのは、毎年多くの幹部・職員を式典に参列させてきた運輸省航空局の立場である。１２３便墜落事件における航空局の位置づけは遺族の中でも曖昧になりがちで、航空局がどういう立場で式典に臨んでいるのかを問うことはなかった。だが、２０１６年８月12日の式典で、私は期せずしてその機会を得ることになった。

式典に出席した私は、会場で見つけた航空局の総務課長に「航空局の事故責任」について尋ねた。総務課長は「航空局は修理ミスを発見できなかった」ことを挙げ、「航空局に責任がある」とその場で述べた。この時は式典会場での10分ほどの会話だったから、私は霞ヶ関で別途面談の機会を設けてほしいと申し入れ、総務課長もこの時は快諾した。

だが、その後航空局の対応は豹変する。航空局は拙著『日航機墜落事故　真実と真相』（２０１５年）を購入し、対応の仕方を研究したのだろう。面談の日程や議題を詰める文書のやりとりの中、彼らは10月になって文書を送ってきた。その中で航空局は先の式典での会話内容を一転させ、「航空局は加害者ではない」「慰霊式典には第三者として出席しており、気持ち（遺憾の意）を表したに過ぎない」と説明していた。「加害者」ではない理由として述べられていたのは、１９９０年7月の前橋地検による不起訴決定。つまり司法の場で無罪が確定している、という理由だった。この説明に続けて航空局側は面談に条件を付けた。「航空局が加害者ではない」ことを私が了解することが面談の前提条件だというのだ。私はこれについてはすぐに了解の意を伝えた。本書でおわかりの通り、私もまた１２３便の墜落そのものについては日航、ボーイング社、航空局に責任はないと確信しているからだ。そのことを伝えた後もやりとりは続き、議題や出席者、面談時間に大幅な制限を付けられた末にようやく面談が実現したのは、慰霊式典会場で約束してからじつに6カ月も経た17年2月15日だった。

何かを語る時に「我が省」と豪語する傲慢な航空局は運輸省改め国土交通省の内局の一つであり、省の看板を背負って航空行政を一手に握る。航空行政の範囲は航空会社の設立や運航路線、運賃、航路使用、航空機の就航や修繕機の飛行許認可、修理等々に対する許認可、操縦免許交付、空路管制など、航空業界のあらゆる面に及ぶ。それらの許認可権限等を駆使した航空行政は、「乗客が目的地まで安全に到着すること」が「第一の目的である」という。すなわち航空局は、安全運航を図り実現させることが航空行政の最大の目的だと公言しているわけだ。

では、その航空行政の担い手は、１２３便墜落事件においてどのような責任を負っているのか。面談でも話題はその点に及んだ。前述の通り、航空局は不起訴決定を根拠にみずからの加害者性を否定している。なるほどそれは私も同じ見解だ。それならば航空局も私や前橋地検と同様に圧力隔壁破壊説は成り立たないと考えているのか？

ところがこの点を問われた総務課長は、「隔壁は破壊した」と答えた。隔壁破壊説に立つならばボーイング社や日航に加えて航空局も加害者の一員ということになるのだが、自身の加害者性は否定しつつ「隔壁は破壊した」と言う。総務課長の発言は、大きな矛盾を抱えているのではないか。

これに答えて総務課長はさらに不思議な解釈を述べた。不起訴になったのは「航空局の検査に『手落ちがない』」と判断されたからだというのだ。だが、もともと告訴の趣旨は「業務上過失」容疑であり、手落ち（法令違反）があったから告訴されたわけではない。前橋地検も手落ちがなかったからという形式的な理由で不起訴にしたのではなく、事故調の報告書が言う隔壁破壊説を疑わしいと考えての不起訴だったことはプロローグで述べたとおりだ。この航空局の見解の矛盾を指摘すると、「前橋地検と航空局との見解の相違だ」と居直る。だが、同じ行政の一角にあって航空行政を担う立場にありながら、司法行政を担う検察当局と見解が違うと言い放つということは、法治主義を前提とする憲法や民主主義を無視することに他ならない。

総務課長は「航空局は加害者ではない」と主張することと「隔壁は破壊した」と主張することとの間に大きな矛盾があることに気づいていないか、気づかぬふりをしている。この巨大な矛盾を矛盾のまま放置すれば遺族がその矛盾の狭間に突き落とされるだけでなく、なぜ墜落事件が起きたのか、誰が事件に責任を負うべきなのかはわからずじまいで終わる。このような形で矛盾を矛盾のまま宙づりにし、事件の真相解明や責任追及を阻み続けているのは、いったい誰なのだろうか。

総務課長の矛盾に満ちた言葉に納得がいかない私は、事件の原因解明の過程で航空局が担った役割について話を進めた。

「乗客が目的地まで安全に到着すること」という航空行政の目的に照らせば、墜落事故が起きた際に航空局は事故原因を解明して再発防止策を策定・実施して安全向上を図らねばならないのではないか。このことを私が問題にすると、総務課長自身もそれは当然のことだと答えた。つまり航空機事故の調査、検証と再発防止策の策定と実施に責任と権限を持つのは航空局であることを、総務課長自身も認めたのだ。

墜落事故が発生すれば航空局の職員が事故調に出向し、事故原因の解明に関与することができる。前章で述べたように事故調（現在の運輸安全委員会）は調査能力に乏しく、十分な権限も独立性も与えられていない。運輸省（現国土交通省）の外局に過ぎない。その貧弱な組織が事故調査としての体裁を整えるには、膨大な資料の中から何を選び出して分析し、どのような実験を行い、どんな結論を目指すのかを方向付ける司令塔役が必要になる。人員の乏しい中で調査や実験を行うには、実動部隊となるスタッフもいなければならない。これらを担うのは、航空局から送り込まれた専任調査官や臨時出向の職員たち。つまり事故調査の実質的な主体は航空局なのである。

裏返せば、これらの出向職員たちを介して調査の方向を誘導すれば、事故調による調査は先に圧力隔壁破壊という結論ありきで進めることができるということだ。それがすなわち、恣意的な仮定を前提に置いて三段論法を重ねる演繹的思考による調査である。

じつはそのような構図で事故調査が行われたのは、123便の事件が初めてではない。例えば1965年2月に起きた全日空ボーイング727型機の羽田沖墜落事件（乗客乗員133名全員死亡）では、事故調の首席調査官が調査中に2人も更迭されたほか、事故調査委員だった山名正夫東大教授は記者会見を開いた後に辞任した。その記者会見で山名教授はこう言って不満をぶちまけた。「（事故調査委員会では）まず、求めるべき結論が決められていた」。

123便墜落事件の調査でも、求めるべき結論は先に決められていた可能性が高い。それを示唆するのは、報告書の中身への自信のなさを言外に吐露していた武田委員長の言葉だ。彼は遺族の質問に答えてこう語っている。

「もし、相模湾の海底から、垂直尾翼を引き揚げると、事故原因は変わってくる」。

これは本来行われるべき調査が行われれば隔壁破壊ではなく外部破壊という結論に至る可能性があることを示唆する発言であり、報告書が先に圧力隔壁破壊説という結論ありきで作られたものであることを暗に告白した言葉と言えるだろう。

事故調査の実質的な権限を握るのは航空局であり、実力も権限も独立性も乏しい事故調査委員会はその強い影響下で報告書を作らねばならない。圧力隔壁破壊説という仮定を立ち上げ、それに基づく演繹的思考による調査を事故調に求めた主体はこの航空局だったと考えられるのである。

520名の市民が死亡した日航123便墜落事故の真実を意図的に隠蔽しているとしか思えない航空局の言動は、決して許されることではない。航空局は第一の業務目的を日本の「空の安全」に置く部署であり、真摯に事故原因を究明して安全の向上を図る立場にある。それにもかかわらず彼らの言動は、嘘の事故原因を捏造し、事故調に押し付けて公表させた筋書きで国民を騙し、さらに日航に「加害者の代理」役を強要して、嘘の「隔壁破壊説」の延命と国民への浸透を目論むものとしか思えない。国民に与えた損害は甚大であり、それは行政に付託された任務に照らせば重大な背信行為ではないか。その行為を法の下で検証して裁き、早急にその体質を是正すべきだ。

◆安全委員会の「事故原因の解説集会」の目的

圧力隔壁破壊説に基づくシナリオをなんとか「定説」として社会に受け入れさせ、長期間国民の間に鬱積する123便墜落事件に対するさまざまな疑惑を鎮静化させたい。そう考える国土交通省・航空局は近年になって突然、運輸安全委員会に命じて自らのシナリオを正当化するための奇妙な行動に出た。2011年7月、事故調の後継組織である運輸安全委員会は、123便の犠牲者遺族だけを集めた「事故原因関連の解説集会」なるものを開催したのだ。

解説集会で配布された文書は言う。

「これまで、航空事故調査委員会においては、ご遺族の皆さまに対して、必ずしも十分な説明がなされていなかったため、皆様の日航１２３便報告書の内容に対するご疑念に応えられてこなかったことについて、率直にお詫び申し上げます」

この時まで26年間にわたり、事故調は遺族や有識者からの度重なる矛盾の指摘や質問に対して「機密事項」「非公開」を理由に説明を拒んできた。その事故調が疑念を払拭できていないことをみずから認めたのだ。委員会側の説明によれば、事故調が２００８年に運輸安全委員会に改組された際、法律によって説明責任を果たすべきことが明示された。委員会はその規定を受け、改めて解説集会を開催したのだという。

だが、配布文書にはこうも書かれていた。

「（解説集会の目的は）調査報告書に新たな解析や原因の推定を加えるものではない」

つまり解説集会はこれまで突きつけられてきた疑問を再検証するためでなく、すでに提示したシナリオをわかりやすく解説する場として設定されたというのだ。

その文言通り、解説集会で配布された解説書は、１２３便が一定の操縦性を持ち続けていたことや緊急着陸、不時着の可能性、墜落前の段階での第４エンジンや水平尾翼の脱落現象などについては相変わらず一切説明を加えていない。

代わりに委員会が熱心に説明を試みたのが、事故調のシナリオで最も根本的に疑われてきた圧力隔壁破壊説についてだった。この説は生存者たちの証言によってあまりにも明確に否定されているため、事故調・委員会はこれまで悩み続けていたに違いない。

遺族や有識者らを、どうやって言いくるめ誤魔化すことができるか、と。

その委員会が集会で説明の引き合いに出したのは、２００９年７月に起きたサウスウエスト航空２２４９便急減圧事故だ。この事故では高空を飛行中のＢ７３７型機の客室天井にフットボール大の穴が開いて急減圧が発生した。同機はすぐに緊急降下を行い、無事緊急着陸している。この事故では破裂音と風切り音が聞こえたものの、耳の痛みは小さく、何も飛ばされなかったし誰も空に吸い出されはしなかった。薄い霧が出たものの、これも５秒で消滅したという。

委員会はこの事例を、シナリオに疑問を抱く遺族に見せつけたかったに違いない。

ほら、この例をご覧ください、機体に穴が空いても激しい耳の痛みや酸欠、強い風が起きないことはあるのですよ。だから１２３便で隔壁破壊が起きたと考えて何も矛盾はないのですよ……。さんざん圧力隔壁破壊説と生存者の証言との矛盾に苦しんできた委員会とすれば、鬼の首を取ったような気分で説明したのだ。

だが、科学的に検討すれば、サウスウエスト２２４９便の例を圧力隔壁破壊説の正しさに結び付けようという論法には無理がある。サウスウエスト機で天井に空いたフットボール大の穴の大きさを数字で表すとわずか０・０４５㎡。これほど小さな穴から空気が流出しても、その量は機内の換気システムから常時供給される空気量と相殺されるから、瞬間的な減圧は直ぐに大幅に緩和される。

例えばもっと大きい0・28㎡の穴が空いたブリティッシュエアウェイズ5390便では、機長は破壊した前窓から吸い出され、機外に放り出され、操縦席の通路ドアは強風で倒壊した。タイ航空602便では圧力隔壁に4・7㎡の穴が空き、強風が吹いて化粧台は吸い出された。ユナイテッド航空811便でも7・5㎡のドアが脱落し、流出する強風が吹く中で乗客9人が外に吸い出され死亡している。

事故調によれば、123便の隔壁には1・8㎡もの穴が空いたことになっている。123便で事故調が言う通りに隔壁破壊が起きたなら、やはり物凄い強風が吹くなどの急減圧が起きていなければおかしいのだ。それを知らないはずがない委員会が解説集会を開いたのは、この事例で事故事象に素人である遺族を言いくるめることができると考えたからだろう。

だが、その2年後の2011年4月、同じサウスウエスト社の812便でも外壁破壊が起きた。この時に空いた穴の面積は0・45㎡。123便で想定されている1・8㎡よりは小さい穴。だが、案の定機内では酸素不足が起きて暴風が吹き荒れ、機体が急降下して緊急着陸に成功した時には乗客から歓声が上がったという。解説集会が開かれたのは、この事故の3カ月後のことだったが、なぜかこの真新しい事例のことは解説集会で触れられることはなかった。

◆日航は加害者の代理

さて、航空局が事故調査員会を操って圧力隔壁破壊説を立ち上げ、それに基づくシナリオを定説として国民の間に流布させようとしてきた主体だとするなら、日本航空の役割は何だったのだろうか。

墜落の惨劇からずっと後になってのこと。２０１３年に私は、墜落事件から10年後の１９９５年に明らかになったアントヌッチ証言についての見解を日航に尋ねている。墜落直後、現場上空で始まっていた米軍の早期捜索救助活動が日本側からの要請で中断させられた。その経緯を日航から見た時、何が言えるだろうかと考えたのだ。

米軍関係者は日航の大切な乗客とかけがえのない社員の命を救おうとしていた。それを中断させた日本の政府・自衛隊の対応は、５２４人の乗員乗客の命を預かった日航として、到底容認できるものではないと考えるのが自然だ。アントヌッチ証言で事実が明らかになった以上、日航は日本政府に抗議し、その責任を追及するべき立場にあるのではないか。

これに対し、日航が寄せた回答は以下のようなものだ。

「アントヌッチ中尉の証言については、新聞報道等に記載されていますので、弊社といたしましてもその存在は認識しております。しかし、アントヌッチ中尉の証言内容について判断いたしかねることから、内容に関する意見を申し述べることはできません。なにとぞ、ご了承頂きたくお願い申し上げます」

「(中略) 小田様がご指摘されている政府、自衛隊対応の内容につきましても、その事実関係に関する十分な情報がないことから、判断できかねますことについて、ご了承賜りますよう、宜しくお願い申し上げます」

「（中略）アントヌッチ中尉の証言通り、その時点で救助を開始していれば、もしくは自衛隊が夜間の内に墜落現場を特定し、救助活動に着手していたなら、あるいは4名以外にも生存者を救出ができたのかもしれないと考える部分はございます。一方、航空事故調査報告書の解説書には、当時の技術としては現場の特定は大変難しかったこと、ヘリコプターによる夜間の吊り下げ救助は二次災害を起こす可能性がきわめて高いとも書かれております。このように、一般論は申し上げることはできても、事実、データに基づいた検証、解析が行なえないことから、弊社といたしましては、本件に関する見解やコメントはお示しできないことにつきまして、なにとぞご理解を賜りたく、宜しくお願い申し上げます」（２０１３年8月9日付　権藤信武喜日航常務の書簡）

アントヌッチ証言にせよ政府・自衛隊の対応にせよ、事故から28年間を経て多くの判断材料が出てきているにもかかわらずコメントはしない。早期の救助活動で救われた命があったかもしれないとまで言いながら、30年前の事故調の報告書が早期救助は無理だったと言っているから日航としての見解は述べない。こう言ってのける日航側の文面は、恐ろしいほどに思考停止した内容だった。

早期救助で助かる命があったかもしれないと、日航も感じはするという。そう感じているのなら、どうして情報がないからコメントできないなどという思考停止に陥るのだろう。情報がないのなら、その情報の開示を政府・自衛隊に要求することこそ日航の務めではないか。どうして自分たちの乗客と社員を助けようという活動を日本政府は中断させたのか、その経緯を明らかにしてほしい。そのように求めるのが、命を預かる企業のあるべき姿だろう。

また、日航は事故調報告書を引き合いに出し、早期救助活動の可否は検証・解析できないとしている。だが、報告書は米軍の救助活動の事実そのものが隠され、自衛隊が「世界中どこの軍隊にもそんなことはできなかった」と豪語するのを真に受けて作られた代物だ。その自衛隊の言い分の嘘が明らかになった以上、報告書をよりどころにするのは無意味だ。日航としてはむしろ事故調に、新たに暴露された事実に基づく再検証や再解析を遺族に代わって求めるべきではないか。

だが、日航は自分たちが預かった命を奪われたという認識を示すこともなければ、判断に必要な情報や再検証・再解析をみずから求めるという発想も持とうとしない。事故調が描くシナリオに疑いを生じさせる事実が判明しても、ひたすら元のシナリオに寄り添う。日航は固くそう決めているかのようだ。それは日航が疑似加害者の役割を早い段階で引き受け、その役割に即して日航自身も事実の隠蔽に加わってきたから。つまり日航は、航空局の強い影響の下で事故調が描いたシナリオに即して芝居を演じ続ける役者なのだ。

＊

墜落事件以来、日航は遺族に対しては常に低姿勢で接し、先ほど述べた慰霊式典の場には「加害者」として臨んでいる。特に事故調の報告書以降、日航は事件の責任を負う形で公益財団法人慰霊の園の設立に10億円の金銭を提供し、同法人のもとで御巣鷹山慰霊碑（昇魂之碑）が建立・維持されている。また、ＪＡＬグループ社員の安全研修を主目的とした「安全啓発センター」を設立し、そこで事故調の圧力隔壁破壊説に基づく１２３便の墜落シナリオを自ら積極的に国民に広報宣伝している。こうした活動ぶりは、事故調のシナリオに沿って見るならば、加害者として殊勝な姿勢に映る。

だが、墜落事件は無人標的機の衝突に端を発し、その不祥事を隠蔽しようとする政府・自衛隊の意思によって引き起こされた。墜落までの過程で日航に落ち度はなく、むしろ５０５名の乗客と機長以下15名の乗員の命を奪われ、顧客の信頼や会社のブランドを大きく傷つけられた被害者だったはずだ。このように被害者の列に加わるべき日航が、なぜ加害者としてひたすら頭を下げて見せねばならないのだろうか。

日本航空は、戦後間もない１９５１年に日本政府主導の半官半民の企業として設立された。53年に日本航空株式会社法という法律に基づく特殊会社となり、87年の民営化される以前は半官半民の経営体制だった。当時の日航が「親方日の丸」企業の典型とされていたことは、ある年代以上の方はよく知っているはずだ。財務面で見れば当時の日航にとって国は大株主であり、人事面でも航空行政をつかさどる当時の運輸省航空局と深く結びついていた。航空局は航空業界のあらゆる分野の許認可権を握り、日航や全日空がその意向に逆らうことはできない。しかも日航は国策会社で、各省からの「天下り」が数多く幹部として入社しており、その中には航空局出身者もいる。そのような会社の経営陣にとって、航空局が事実を覆い隠すために事故調に描かせたシナリオに沿って加害者役を引き受けることは当然のことだったに違いない。強大な許認可権と人的なつながりを通じて航空局は日航に加害者役としてのさまざまな振り付けを施し、日航は事故直後から今日に至るまで一貫してその役を演じてきた。

まずは墜落直後の先遣隊の派遣。日航は早い段階で技術者などを墜落現場に派遣し、2日後の8月14日から残骸の選別作業をしている。日航は事故調からの要請だったとしているが事故調はこれを否定しているし、論理的に考えても墜落場所さえ特定されていない段階で事故調が日航を名指しして派遣を要請するなど考えられない。墜落事件の概要をいち早く知り、なおかつ日航に強い指示権限を持つ者でなければ、日航に社員を派遣させることなどできないはずだ。そのような立場にあるのは、航空行政をつかさどる航空局以外に考えられない。日航は早くもこの時点で航空局の手足となって動きはじめたのである。

日航が実行したことの中でも最大の謀略と思えるのは、事故原因が全然不明の事態であるにもかかわらず、事故の一カ月後から遺族に補償交渉を提起しはじめたことである。このことについて、ボーイング社はテレビ放映で「日航は墜落の責任がないとしながら、遺族に補償交渉を持ち掛けた。遺族は約90％が応じた」と告白している。会社員の夫が多数死亡して残された妻たち遺族が、先行きの生活の不安からこの申し出に応じたことは言うまでもない。この日航の行動で「日航は加害者だ」という構図が出来上がり、それによって国民の間に「日航は加害者だ」というイメージが定着したのである。

さらに日航はボーイング社や航空局同様、前橋地検の１９９０年7月の不起訴決定によって加害者ではないと認定された後も補償交渉を続けて遺族、国民の前で「加害者」を演じ続け、事故調の「隔壁破壊説」を擁護し、日航が加害者だとのメッセージを与え続けている。日航はいわば、事故の真実を隠蔽した功労者なのである。このような暴挙を日航の判断だけで行うことはあり得ないことで、それは「航空局」の強い指示がなされたことを示唆している。加害者でもないものが加害者と称して行う補償交渉は法的には成立しないから、日航が拠出した金は補償金ではなく遺族への一時的な見舞金と判断されなければならないと考えられる。

それにもかかわらず日航は加害者然として振る舞い、慰霊の園の設立や遺族への補償などにあたってきた。日航が加害者役を演じ続ければ、前橋地検が否定した圧力隔壁破壊説を生かし続けることができるからである。

日航は毎年の慰霊式典のたびに社員を動員して準備運営のほとんどを担い、ほとんどの役員が式典に参列する。式典が始まればその時々の社長が加害者として式辞を述べて哀悼の意を表明し、「安全運航の堅持」を誓う。こうして「隔壁破壊による事故を防げなかった加害者・日航」が遺族の前で頭を下げる姿を見せ続けることにより、日航は加害者だということを誰もが疑わなくなる。日航が加害者として頭を下げているのだから事故原因は事故調の言うように圧力隔壁破壊なのだろうという連想が国民に、そして遺族にまで植えつけられ、墜落事件の真相をめぐる他の仮説（外部破壊）に人々の目が向けられることはなくなるわけだ。

日航は2006年4月24日に「日本航空安全啓発センター」を開設した目的を、「日航機事故の教訓を広く後世に伝え生かすため」と公言している。同センターの案内書には「日航123便事故の概要」として事故調報告書が述べる事故の「原因」がそのまま盛り込まれている。前橋地検が圧力隔壁破壊説を否定して不起訴決定をしたにもかかわらず、今もその虚構を「定説」として掲げて自社が加害者だと喧伝広告し、国民の目が墜落事件の真相に向かうのを妨げる役割を果たしているのだ。航空機事故の調査や検証、再発防止策策定の権限を持ち、日航に対して強い指導権限を持つ航空局も、この嘘の喧伝活動をやめさせようとはしない。

さらに日航は、社長が委員長を務める「事故調査委員会」を社内に設置し、事故原因を究明して再発防止策に生かすことを明言した。さらに自社が「加害者」であるとの認識を示し、遺族に謝罪して補償金を払った上で遺族への「誠心誠意の対応」を約束している。これらの対応を額面通りに受け取るなら、日航は社内事故調査委員会の調査結果を、根拠となる資料とともに遺族に報告するのが自然な流れだ。ところが、調査資料の開示を要求すると日航は、社内事故調査報告書は「非公開だ」として要求を拒み、その上で社内事故報告書は事故調の事故報告書と比較し「事故原因を含め、内容的には実質、相違はない」と述べる。

加害者としての反省の上に立ってまとめたはずの社内事故報告書が、なぜ遺族に対して非公開なのだろうか。事故調の報告書と相違ないというのなら、調査資料を公にすることにどんな不都合があるというのだろうか。それを公開できないというのでは、外部に出せない内容、遺族には知らせられない内容があるからだと言われても反論できないはずだ。しかも奇妙なことに、中身は教えられないが結論だけは事故調と「実質、相違はない」。わざわざそのように言い添えるのは、事故調のシナリオに寄り添うことが日航の務めだと考えているからに他ならない。

航空局が事件の真相の隠蔽の司令塔となり、その下で事故調がシナリオを書き、日航はそのシナリオに即して航空局の振り付け通りに殊勝な加害者を演じ続ける。そのお芝居が32年もの長きにわたって演じ続けられた結果、国民の間には１２３便墜落事件の真相がすでに解明済みであるかのような誤解が生まれ、あたかも日航が加害者としての責任を果たしているかのような誤解が独り歩きし始めているのである。

日航が多くの命を預かる航空会社だという自己認識を持っているのなら、やるべきことは加害者の代理を演じ続けることではない。日航が本来やるべきことは当時の情報の開示など数多いが、同社自身に身近なところで言えば、真っ先に社を挙げて取り組まねばならないのは遺族の前で殊勝な加害者を演じることなどではなく、１２３便墜落事件で殉職した自社の乗務員たちへの追悼と顕彰だ。

異変発生からの32分間、客室では乗務員たちが乗客たちを懸命にサポートし励ましながら乗客たちとともに死んでいった。一方コックピットでは機長以下3人のクルーが絶望的にも見える機体損傷に抗して操縦性を取り戻し、乗客乗員の命を救おうとあらゆる手を尽くした末に犠牲となった。とりわけクルーの苦闘は墜落の瞬間まで続き、彼らは一人でも多くの命を救おうという意思を最後まで捨てなかった。そのことが事故直後の数十名に及ぶ生存者、そして4名の奇跡の生還者を生んだことはくり返し述べたとおりだ。その英雄的とも言える行為は命を預かって空を飛ぶ者の鑑であり、日航にとって彼らは永く顕彰し語り伝え続けるべき英雄でありかつ殉職者であるはずだ。

事件当時を知らない今日の日航の社員たち一人一人に求められているのは、加害者を演じるために荘厳な慰霊式典の準備に汗をかいてみせることではない。クルーをはじめとする自社乗務員の壮絶な死と誠実に向き合うこと。中でも死の瞬間まで続いたクルーの努力の軌跡を正しく評価し直してこれを顕彰すること。墜落のその瞬間まで「パワー」と叫び続けた高濱機長の苦闘と引き比べたとき、現代の日航の社員たちも初めて自社がいかに歪んだ姿勢を取り続けてきたかということに気づくはずである。

一般的には日航が航空局の行政方針に従うことは当然であるが、それ以前に乗客の命を預かる立場にある者としての責任がある。いかなる状況、事態であっても、日航は正義に基づき行動する責務がある。それが政府すなわち航空局からの圧力に屈し、積極的に隠蔽犯罪に加担して、自らの顧客である乗客の殺害事件の隠蔽に協力したとすれば、それは決して許されることではない。さらに「加害者だ」と名乗り、補償交渉を率先して行い、事故の真実を知りながら嘘の事故原因を喧伝して遺族や国民を騙すことがあれば、運航会社の資格はないだろう。これまでの日航の言動の軌跡をたどれば、こうした日航の偽装、仮装言動で、遺族や国民は嘘の事故原因に惑わされ、重大な被害を受けてきた可能性が高いのである。

いまや日航は真実を国民に告白し、32年間にわたって「加害者」を演じてきた行為の裏側にある真相を明らかにすべきではないか。一連の日航の行為の正当性を法に照らして裁き、それを通じて日航が公正と正義を貫く会社に体質を改めることを促さねばならない。

◆国家権力者の犯罪――32分後の撃墜事件と32年間の隠蔽事件

事故調に圧力隔壁破壊説に基づくシナリオを書かせ、日航にそのシナリオに即した加害者役を引き受けさせた航空局。では、その航空局は、誰の指示によってこれら一連の隠蔽を行ってきたのだろうか。

ここで話は、あの相模湾上空で起きた一大不祥事へと戻る。あのとき、無人曳航標的機を民間機に衝突させるという不祥事を引き起こしたのは自衛隊であり、その完全な隠蔽を求める自衛隊幹部の求めに応じて決断したのは自衛隊の最高指揮官でもある当時の中曽根康弘総理大臣だった。生存者がいないがゆえに組織責任の追及をかわし切った雫石事件の経験をふまえ、組織防衛と自己保身、責任回避のために１２３便を乗客乗員もろとも葬り去るという決断。これによって524名が乗った同便は撃墜された。

123便墜落事件の第一幕とも言うべき撃墜事件の発生である。

だが、この政府・自衛隊による撃墜事件にはいくつかのほころびがあった。ほころびの端緒となったのは、機長の必死の機体操縦の結果、墜落直後の現場に相当数の生存者がいたことである。いち早く現場上空にかけつけた米軍のアントヌッチ中尉らの救出活動を阻止した政府は救出活動の意図的遅延と特殊部隊の活動によって多くの生存者を抹殺し、事件の真相につながりかねない無人標的機やミサイルの残骸も回収した。だが、それでもなお落合さんをはじめ4名の乗客が奇跡的に救出され、524名全員殺害という目的、目論見は破綻することとなった。4名は事件を直接経験した目撃者であり、その証言が詳細に分析されれば政府・自衛隊の犯罪が露見する可能性が出てくる。

また、撃墜から墜落直後の証拠隠滅に関わった自衛隊の幹部や隊員、あるいは救助活動を中断させられた米軍関係者への箝口令は徹底させたが、いつかこれらの関係者の中から真相を内部告発する者が出るかもしれない。ましてや純粋に救出活動と信じて働いた末端の自衛隊員や警察関係者の口に戸を立てるのは難しい。さらに墜落機体の製造元であるボーイング社やアメリカの国家運輸安全委員会（NTSB）の専門家が日本の事故調査への協力という名目で墜落現場や機体残骸を調査すれば、事件の真相が明るみに出る恐れもある。それに加えて墜落現場には多くの報道関係者の目があり、川上村、上野村民をはじめとする多くの人々も墜落前後の模様についてさまざまなものを目撃している。４名の生存者たちの証言とこれら多くの関係者の見聞きしたこととがつき合わされ、分析された時、果たして１２３便撃墜という事件の真相を隠し通せるだろうか。それが政府・自衛隊にとっては最大の課題となった。

この段階で中曽根総理は１２３便撃墜に次ぐ第二の犯罪を決断する。真相を覆い隠すために虚構の事故シナリオ、嘘の事故原因を創作することを、今度は運輸省（当時）の航空局に依頼したのである。すなわち事件の第二幕、墜落事件事実の隠蔽事件の始まりである。

総理大臣は自衛隊の最高指揮官であるのと同様、各大臣を通じて政府のそれぞれの省庁を指揮監督する行政機構のトップだ。しかも当時の中曽根総理大臣は、14年前の雫石事件の時に佐藤内閣が巧みに情報を隠蔽し続け、ついに責任追及をかわして延命したのを間近で見ていた人物である。その経験を持つ彼は、行政組織の最高権力者としての地位を利用し、運輸省航空局に隠蔽の全権を委任したのだ。

総理大臣は、国民の常識からかけ離れた存在である。政治の本質は、国、国民のための政治でなく、自己保身、権力維持が大前提なのだ。

現在、米国のトランプ大統領の行動が、米国だけでなく、世界を震撼させている。選挙に勝つために手段を選ばず、ロシアに秘密の要請をしたと報じられ、この捜査に着手したＦＢＩの長官を罷免したと、国民の顰蹙《ひんしゅく》を買っている。日本の国会議員も、選挙の時は市民に快く受け入れられるようなことを言って選ばれるが、ただ権力維持には執拗だが、総理の言動に無条件で賛成するだけで、全く無能の存在といってもよい。

日本の総理は、この国会議員の選挙で選ばれるが、すなわち国民が選んだのでなく、議員がその経歴、世襲、派閥、勢力などで決める。

人間の人格、哲学、思想などで決めるのでなく、国会議員の権力維持、保身で、誰が一番自分に利益を与えるかで決まる。

過去の権力者を輩出した家系、門閥からの平凡で哲学も思想もない世襲の家系の人が選ばれ、議員はこの総理に媚びて次の大臣の座を射止めるのが願いなのである。

すなわち、政治の権力争いの場であって、総理は「権力の維持」に執着することになる。これは、何らかの不祥事が自分の立場、権力を脅かすことを絶対に拒否し、この不祥事を隠蔽することを、すなわち権力維持のために全力を挙げて取り組む。そのために行政組織の自衛隊、外務省、国土交通省などを悪用して実行することに繋がるのである。

何の非もない無辜の多数の国民を、不祥事を隠蔽するために殺すことに躊躇しないのが、総理の資質、本質なのである。

航空機事故の原因解明を装いながら真相を覆い隠すことは、航空局にとって初めての経験ではない。先に述べた通り、66年全日空機羽田沖墜落事故で事故原因の解明に取り組んでいた東大の山名教授は「先に結論が決められている」という怒りの記者会見を開いて辞任したが、この時、先に結論ありきの議論を誘導したのが航空局だった。

１２３便事件でも航空局は、先に結論ありきの議論を主導した。垂直尾翼の破壊とＡＰＵ（補助動力装置）の脱落、油圧系統の全滅という客観的な事象。そこにボーイング社による７年前の隔壁修理ミスが結びつけられ、圧力隔壁破壊説が立ち上げられた。シナリオにとって邪魔となる証言や証拠の分析を切り捨て、１２３便が操縦できたことも、横田に着陸可能だったことも国民の目から隠蔽された。１２３便は「機長の意図通りの操縦ができず、着陸は不可能だった」と述べ、事件はボーイング社の修理ミスに起因する１２３便の不幸な自損事故として片付けられたのである。

だが、圧力隔壁破壊説に基づく虚構のシナリオを発表するだけでは、真の加害者である政府・自衛隊を守りきることはできない。未来にわたって真の加害者に責任追及の矛先が向かわないようにするためには、事件は一件落着したという気分を世間に生み出さねばならない。真の加害者に代わる「悪者」を仕立て上げ、世間に「アイツが悪いのだ」と思わせることが必要なのだ。この事件でボーイング社は事故調の描いたシナリオを受け入れてはいない。そこで代理加害者の役目を担わされたのが日本航空だった。

32分間の飛行の末、１２３便は自衛隊の不祥事をもみ消すために撃墜された。だが、それで事件は終わりではなく、真実が露見するのを避けるためのさらに大掛かりな隠蔽事件が積み重ねられ、それは32年目の今も進行中である。私たち遺族は撃墜事件によって愛する家族を無残

1985.8.12 日航機墜落事故での乗客、乗員520名殺害事件の構図
―泥臭い刑事コロンボの推理判断―

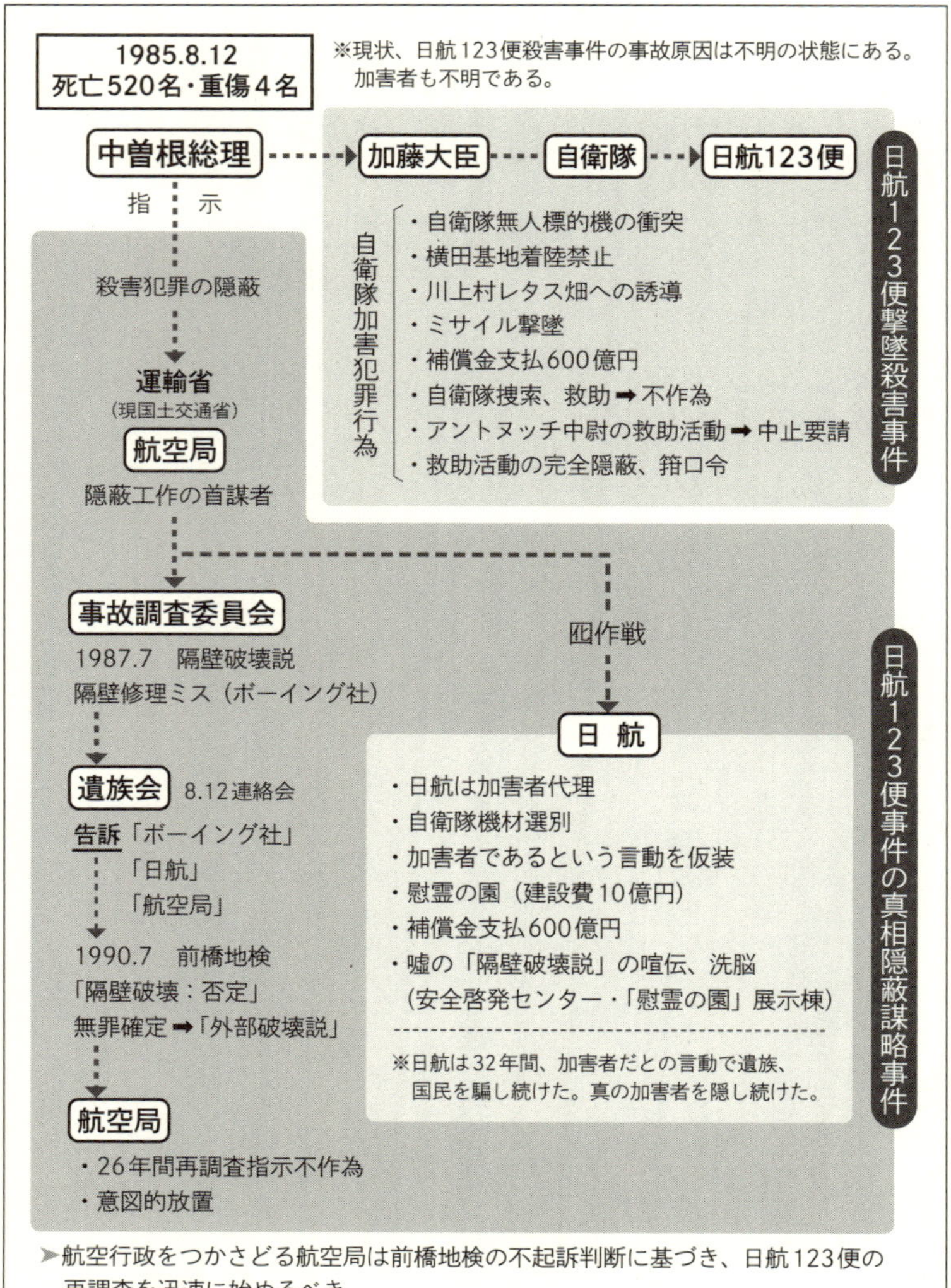

➤航空行政をつかさどる航空局は前橋地検の不起訴判断に基づき、日航123便の再調査を迅速に始めるべき。

に殺されたばかりでなく、権力者、行政組織の隠蔽工作によって誰にも責任を問うことができないという理不尽な苦しみを味わい続けているのだ。

◆そして遺族は今日も夢を見る

日航機事故遺族「8・12連絡会」は2015年8月12日、123便の墜落から30年目に「真実を求めて30年―探し求める遺族の旅は続く」という声明を出している。

旅は　30年前に始まりました。
　愛する人を失ったものたちがあつまり
手を添え合うように生まれたひとつの輪。
私たちは誓い合いました。
嘆き悲しむだけでなく、顔をあげること。
　心の中に生き続ける御霊を慰めること。
かけがえのない命とひきかえに
　空の安全が訪れるのを見届けること。
そしてそのために、
　事故の真相をすべて明らかにすること――。
私たちが求めたのは「真実」であり、

　恨みを晴らすことや報復などではありません。
何故　事故が起きたのか。
　何が　愛する人の命を奪ったのか。
もしかしたら、助かったのではないのか――。
　それらの原因や理由や可能性を明らかに出来なければ、
愛する人の死を納得することは出来ず、
　再び空の悲劇が起こるのを防ぐことも出来ません。
事故の真実が明らかにならない限り、
　私たちは心から悲しむことは出来ないのです。
30年の間に見えてきた真実があります。
　それだけの歳月を費やしても、
また　その歳月の長さゆえに、
　依然として見えない真実があります。
闇に葬られようとしている真実があるかも知れません。
　　30年は長い旅路のひとつの区切りです。
私たちの旅は今も、これからも続きます。
　ひとえに真実を求めて――。

２０１５・８・12　日航機事故：８・12連絡会（遺族会）

「もしかしたら、助かったのではないか――。」

これは全ての遺族が今も抱き続けている思いだ。

垂直尾翼や油圧装置を失ってもなお、１２３便は手動で操縦可能だったのであり、機長は横田基地に着陸しようとしていた。その着陸が実現していれば、多くの乗客乗員は助かっていた。生還できたのではないかという推測を科学的に否定できる論証を、私はいまだに読んだことも聞いたこともない。本書で述べてきたように、この31年間、嫌と言うほど見聞きさせられてきたのは証言の数々から目をそむけ、検証に必要な材料をひたすら隠し、説明責任を果たさず、あまつさえ99年には事故資料を廃棄するという暴挙に出る政府の姿勢ばかりだ。

思えば墜落事件から2カ月あまりが過ぎた85年10月24日、日比谷公会堂で日航機事故犠牲者追悼慰霊祭が挙行され、そこには当時の中曽根康弘総理大臣、山下徳夫運輸大臣も出席して弔辞を述べたのだった。

中曽根氏は弔辞の中で言った。

「事故原因の徹底的究明を通じて、かかる不幸な事故を二度と繰り返すことのないよう、全力を傾注する」

言葉だけを読めば、語られているのは遺族の思いでもある。なぜ墜落事件が起きたのか。それが解明されなければ、再び同じことが繰り返されてしまうだろう。

　ところが弔辞を述べて頭を垂れた中曽根総理大臣も山下運輸大臣も、その舌の根も乾かぬうちに相模湾での垂直尾翼等の引き上げ回収を拒み、捜査を終局に向かわせてしまった。在任中、中曽根氏の内閣は米軍による救助活動の存在も、その救助活動を自分たちが中断させた事実も国民に隠し伏せ続けた。その挙句、アントヌッチ氏の証言が明るみに出た後には　中曽根氏は「承知している」とうそぶき、さらには「１２３便事件の真相は墓まで持って行く」と語ったとも伝えられる。すでに見てきたように運輸安全委員会は、すでに破綻したシナリオに今もしがみついて離れない。航空局は慰霊式典では加害者であるかのように振る舞いながら、責任を問われれば「事故責任はない」と態度を豹変させ、式典には第三者として遺憾の気持ちで出席しているに過ぎないと言い放っている。さらに日航は黙々と代理加害者の役回りを演じ続け、否定され、崩壊した隔壁破壊説を喧伝しているばかりだ。こうして31年を経てもなお、あの墜落事件の直後に抱いた遺族の疑念は、今も目の前に宙づりにされている。

　１２３便の事件の経緯の中のどこかで、惨劇を回避するチャンス、犠牲を最小にとどめるチャンスがあったのではないか。私たちの愛する家族は、もしかしたら助かる可能性があったのではないか。そして、この墜落事件はどのようにして起き、その責任はどこの誰にあるのか。

　私は毎晩夢を見る。無事生還した子ども、次男と長女を抱擁する夢を。

朝、目が覚めると同時にその夢は消える。

けれども、また次の日、次の朝、私はまた同じ夢を見る。

その次の日も、そのまた翌朝も。

これからも遺族らは、全員無事生還の夢を毎日のように見続けることだろう。事実が解き明かされ、心から家族の死を悲しむことができるようになるその日まで。

私は信じる。

事故の真実の花を犠牲者の霊前に供える。そのことが真の供養になる、と。

＊「天網恢恢疎にして漏らさず」。
神の張る天の法網は目が粗いようだが、悪事は決して見逃されることはない。

真実は目で見えないものである。極悪非道な秘密は、たとえ権力によって必死に隠蔽しても、命令で実行した自衛隊員、警察隊の正義、公正、良心の発露によって滲みだし、自ずから露見し、目を閉じて瞑想すれば真実を心眼で見つけ出せるのである。権力者が一時の名誉と権力の維持のために行ったことを隠蔽して最高の勲章を得たとしても、歴史の審判で裁かれ、歴史にその悪逆な宰相として、その名を永遠に刻まれるのである。

＊至誠にして動かざる者は未だ　これあらざるなり。（吉田松陰）

あとがき

「自衛隊が無人標的機を旅客機に衝突させ、その不祥事を隠蔽するために乗客乗員を抹殺した。」――この仮説には、読者の少なくない方が動揺し、心理的に激しく反発されるのではないだろうか。災害のたびに出動し、多くの被災者の救援にあたってくれる自衛隊。その自衛隊が自国の民間機を撃墜？　まさか！

しかし、自衛隊は１２３便墜落事件の14年前の１９７１年、民間機に戦闘機を衝突させて１６２名全員を殺害するという前歴がある。それにもかかわらず多くの方が反射的に「まさか」と思うのは、悪夢のような戦争を戦後70年にわたって忌避し、ある意味で日本が長いこと平和だったたからなのかもしれない。先進国であれ発展途上国であれ、戦争が身近な国や地域では、軍隊がそのようなことをしかねない組織であることは当たり前だからだ。

先の戦争で酷い経験をくぐった日本人は、戦争や軍隊を忌避するようになった。そのために人々は、かえって軍隊というもの、国家というものの実像を直視できなくなってしまった。戦争や軍隊を漠然と忌避するあまり、過去の戦争で国家や軍隊が国民をどのように扱ったのかを検証して反省につなげることまで怠ってしまったのである。

例えば太平洋戦争末期の旧満州（中国東北部）では、日本の軍隊の上層部がいち早く逃げ出して一般の住民や兵士たちは置き去りにされた。この人々はやがて侵攻してきたソ連兵の暴行と略奪に遭い、9万人もの人がシベリアに抑留されて1万人が飢えと寒さで死んだと言われる。着の身着のままでの逃避行のさなかに命を落とした人も膨大な数に上る。この事態に対して日本政府はなすすべがなく、国家の責任において救援活動や賠償を行うことはなかった。沖縄戦でも軍隊は国民を守らないどころか市民に降伏を禁じて自決を迫り、市民20万人が犠牲になった。ビルマ（現ミャンマー）のインパール作戦では軍上層部が無謀な作戦を強行し、動員された一般兵士たちが飢えと病気によって全滅した。犠牲となった一般兵士は、徴兵されるまでは市井の生活を営んでいた普通の国民だった。

必要とあれば一般の国民を消耗品として扱い、状況に応じていとも簡単に見殺しにする。このような国家、軍隊の体質は今も変わっていない。自衛隊法に書かれていることを読めば、自衛隊という組織が政府のために戦う組織であり、政府が巧妙に誤魔化し、説明しているように国民の生命や財産を守るために行動するわけではないのである。

災害派遣で活躍する自衛隊の姿しか知らない国民には見えないが、自衛隊も軍隊である以上、殺人を生業とし、敵とみなしたものを攻撃して破壊し、その戦力を奪うのが主任務である。その任務の遂行のためには兵士が命令に絶対服従することが必要であり、職業軍人すなわち自衛隊員はそれを過酷な訓練を通じて体で覚え込む。兵士が兵士として行動する時、人間的な感情や個人的な正義感を持つことは許されていない。

しかも戦後に発足した自衛隊の骨格を作ったのは、先の戦争で生き残った将校、軍人たちである。旧日本軍の亡霊が今も自衛隊に生きているのだ。軍隊というものが持つ基本的な性質と、戦後も受け継がれてきた旧軍の体質と。この二つが民主主義国家を標榜する日本の自衛隊を動かし、日本を侵略してきた敵でもない民間旅客機を撃墜し、その無辜の乗客乗員を自衛隊員が至上命令で抹殺することは十分あり得る話なのだ。

「そんなひどいことを自衛隊がするわけはない。それは妄想ではないか」。反射的にそう思ってしまう認識や感覚こそ、軍隊の本質、日本の国家や軍隊がしてきたことを知らないがゆえの妄想、錯覚だと私は思う。123便墜落事件当時の総理大臣は過去の戦争において高級将校だった人物であり、戦後復員してから内務省に復帰している。彼はまた、墜落現場のある群馬県の豪商でいわば「殿様」であり、仕えた使用人は下僕であったし、同県を地盤として国政に躍り出た人物だ。また、事件直後に意図的としか思えない捜索救助不作為を重ねた群馬県警の本部長もまた旧軍の幼年兵であり、事件後はその功績で警察幹部に昇進している。さらに標的機を民間機にぶつけたことをあっけらかんと旧友に語ってのけた航空自衛隊の司令官も、旧軍人だった。

ひるがえって123便が墜落した直後、真っ先に救助活動に駆けつけた米国のアントヌッチ中尉は当時26歳であり、ヘリから命がけで降下を始めていた米軍兵士たちも同様に若い人々だったはずだ。しかもアントヌッチ中尉は軍務を離れた後、自己の良心に突き動かされてあの勇気ある「アントヌッチ証言」を内部告発し発表している。

この米国の若い人々の勇気や良心と正義感は、旧軍の体質そのままに自国民を犠牲にする日本の老いた政治権力者や自衛隊幹部との差に暗然とさせられる。組織防衛と責任回避、自己保身のために市民の生命や正義、公正、そして憲法を軽んじる。それが日本人の特質だとするなら、それは最も恥ずべき悪習、特質ではないだろうか。

いま私たちは、北朝鮮の独裁者が自国民を犠牲にして権力を誇示し、要人の粛清や暗殺など非人道的な行為に走る姿を目の当たりにしている。それを見て日本や米国をはじめとする世界は、この独裁者の行為を非難し軽蔑している。だが、足元のこの日本でも権力者は自らが31年前に引き起こした犯罪の真相解明を拒み、矛盾に満ちたシナリオを国民に発信し妄信させ続けている。この事態は今話題になっている「テロ謀議」を行い、国民を標的にしたテロ行為を自己保身のために実行したと同じなのである。米国や世界は、この日本を、そして権力者の姿勢を疑おうともしない無邪気な日本国民を密かに軽蔑しているかもしれないのである。

雫石事件から14年後、自衛隊はさらに標的機の日航機への衝突を隠蔽するためにミサイルで撃墜し、520名を殺害した。雫石事件と合わせれば、自衛隊は合計700名近い国民、市民を殺したことになる。この自衛隊関与の旅客機墜落事件に対して政府権力者、自衛隊は真剣な調査や真相解明を行わず、真相の隠蔽と責任回避に終始している。

今、年間で延べ約8000万人の日本国民が旅客機で旅行している。次は日本の市民の誰が被害者になるのか。それを考えれば、問題は決して123便墜落事件の犠牲者、遺族だけのことではない。このまま無関心に放置すれば、真相の隠蔽や責任回避がまかり通ることによる問題が、国民に跳ね返ってくるのは必定である。民主主義とは市民が国家権力者を監視して常に修正と是正を求めてこそ機能するものであり、それを怠れば長期政権下で専制政治がはびこり、次には独裁が生まれる。航空機事故という名の520名殺害事件の真相解明と責任追及が果たされるかどうかは、日本がそのようになってしまうか否かの試金石なのだ。

今こそ、日本の国家に対して真摯に対峙し監視し、新しい正義、公正な国に改革しなければ日本国民の明るい将来は望めないのではないか。

*

墜落事故が発生し多数の乗客が死亡して、事故調査が始まる。事故原因を究明して再発防止策で安全の向上を図る。これが事故対策の一般的な手順である。しかし、発生してからの対策でなく、未然に事故を防ぐ方策があるのではないか。旅客機運航会社は利益を追求する企業である。企業は利益と人命安全のどちらを優先し重点を置くか。当然利益である。では安全はどうか。軽視はしないが、ほどほどに行う。そして、事故が起きて補償を行う場合、すでに、補償金は保険で確保しているのである。毎年毎年積み立てているから、事故が起きて責任が生じても補償金の支払いには困らないのである。そして、企業は責任を問われず、経営者も無傷で終わる。経営者に責任を問わない限り、経営者は必死になって安全に注力しないというのは誰でも分かることだ。

すなわち、企業、組織に加害責任を問う、経営者に責任を問う法的なシステムの確立が事故予防の最善の対策になる。個人と法人の両方に責任を問う法的な罰、両罰規定を入れること、刑法に「組織罰」を入れることが必然的に求められる。

このように企業への責任を追及できる法的な処置は米国、イギリスでは実施されており、日本でも「組織罰の法制化」に向け、福知山線脱線事故の遺族が中心となって運動が行われており、日航機事故遺族として協力して実現させたいと考えている。

＊

世界では数百件の旅客機墜落事故が報告されているが、その遺族が膨大な事故調査を行って本を出版した事例は今まで聞いたことはない。肉親を無残に殺された遺族にとり、事故の原因や経緯を克明に書くこと自体、それは耐え難い苦痛だからだ。執筆しようと思えば亡くなった事故時の肉親の心情に入り込み、当事者になり切らねばならない。それは遺された者にとってとても辛く、耐えられない作業なのだ。私もこの思いを本にすると決めるのに25年もの歳月を要している。それが可能となったのは、すでに述べたように同じ事故遺族であるキャンベル夫妻の行動に触発され、勇気づけられたからだ。

作家・三浦綾子氏は、思想統制の犠牲者の悲劇を題材にした小説『母』（1992年）を著している。特高警察の拷問を受けて29歳の若さで世を去ったプロレタリア文学作家、小林多喜二の母セキが主人公だ。三浦綾子氏は敬虔なクリスチャンであり、多喜二の母セキが晩年洗礼を受けたと聞いてこの小説を書くことにしたという。作中では晩年のセキが、故郷秋田弁の言葉で多喜二の思い出を語る。その中でセキは愛息・多喜二のむごい死に接した時の思いを、こう述べている。

「わだしは小説を書くことが、あんなにおっかないことだとは思ってみなかった」
「拷問に遭うだの果ては殺されるだの、田舎もののわだしには全然想像も出来んかった」
「神も仏もあるもんか」

荒々しく語られるこれらの言葉の中に、愛息の死への憤りと後悔が入り交じった母親としての万感の思いが詰まっているのである。

母セキはこのような息子の拷問死に何の抗議もできず、我慢するしかなかった。当時の日本は軍国主義、公民主義、滅私奉公の時代であり、人権はなく、市民は消耗品であったからだ。

母セキはそのような時代で息子の死を諦めるしかなかったのだろうか。

「現世に　せんすべなしと　知りつつも　諦めきれぬ　我が涙かな」

母セキは人間として、母親として決してあきらめることはできなかったのである。

セキは晩年キリスト教会に通い始め、牧師に導かれて安らぎを取り戻したという それは、現実の世界、社会から、神の世界に入ったことになる。母セキは身体も心も精神も神の領域に入って、全て忘却することで、安らぎを取り戻したとすれば、これほど異常で残酷なことはない。

日航機事故の遺族もまた、これと同じような心境、心情に翻弄されてきた。その遺族が自ら肉親の死亡した事故の経緯や結論を詳細に書かねばならないことは、母・セキの言葉と同じく「むごい」の一言に尽きる。

本来は、憲法では悲惨で残酷な墜落事故死は、運輸省航空局、事故調査機関が正義と公正に基づき「事故の真実と真相」を究明して、事故状況と事故原因を明らかにするし、検察はその犯罪行為について適切な処罰を科すのが日本のシステムのはずである。

しかるに、日航機事故では、該当行政機関が非科学的、非論理的な調査推論で「嘘の原因」を捏造し、遺族、国民を騙し、かつ誰も責任が問われない状況を放置しているのである。

また、真実報道の責務を負う報道各社も、強大な権力者の意向を汲んで、真実報道を避ける現状に日本の正義の喪失を感じざるを得ない。

遺族、犠牲者を悲嘆の淵に放置して、悲しみの中で、誰の協力、援助もない状況で悲惨で怪奇な事故原因の調査、究明に没頭させることは、民主主義国家・日本ではあってはならないことなのである。

このような事態ほど、悲嘆の底に苦しむ遺族にとって残酷なことはないのである。

そして、日航機事故の遺族らは今も葛藤し、苦悩の淵にいる。しかし、遺族らは真実究明を決して諦めることはない。戦後、日本は民主主義国家となり、そのことは憲法が保証している。権力者が、指導者が無辜の国民を自己保身、権力維持のために虐殺し、行政組織、自衛隊を使って真実を隠蔽することは、法的にも倫理的にも違法なのである。当然、警察機構は虐殺された市民のためにその違法行為を捜査して、罪を問えるはずだ。そのことは多喜二の母セキの時代とは全く異なる。それにもかかわらず権力を握る行政は現在に至るまで日航機事故の真実に目を向けず、一切無視し続け、情報統制によって妄信させられた国民も無関心の姿勢になっているのだ。

遺族らに、事故の真実が明らかにされ、犠牲者の霊前に真実を供えて安らぎが訪れるのは何《い》時《つ》のことになるのだろうか。

日航機事故で犠牲となった５２０名には、約３０００名もの遺族がいる。その３０００名の遺族は事故原因が不明のまま、誰に殺されたのか分からないまま、憤りと後悔を引きずりながら、今日も肉親の霊前に花や好物を供え続けている。

このままで、肉親の死を受け入れて心から供養できることは不可能なのだ。

ただ　合掌のみ

この本は、２年前に出版した少し難解な技術論文である『日航機墜落事故　真実と真相』を分かりやすく、読みやすく編集し直したものです。さらに深く知りたい方は、是非前著を読んで頂きたく思います。

出版に際しては、多くの有識者の著書、ご意見を参考にさせていただきました。ここに厚くお礼を申しあげる次第であります。

出版に際しての文芸社のスタッフの真摯な協力にも厚く謝意を述べたい。

読者の皆様方の応援とご意見を頂ければ幸いであります。

〝命乞い〟した524名

〈**犠牲となった乗客**（505名）〉

明石守／明石真紀代／麻木喜一郎／麻木良子／浅野潤一／浅野真一／芦田育三／有田秀止／秋山寿男／新井健作／新井真澄／新井健次／井口利明／池田隆美／石井裕之／石井幸江／石井博美／石井貞昭／市川一彦／伊藤寛之／井元淳光／岩国忠弘／猪飼善彦／猪飼小夜／猪飼潤／池孝三／池上重雄／池田五郎／生駒隆子／石倉六郎／石崎恵美子／石田一雄／石野喜一／石原孝一／泉谷淳子／市浦昭／一木充／井上幹雄／出梅治／井原載二／井原富士恵／井原智恵／伊藤昭平／出寿子／出啓介／今村欣治／伊藤寿信／伊藤誠子／伊藤妙子／伊藤和美／井上久子／井上理抄／井上健人／岩井宏之／岩城美弥子／岩切伸司／岩切圭子／岩切大樹／上坂辰男／上坂久枝／上坂理枝／植田嗣治／浮田玲子／浮田立子／宇澤克彦／内海浩一／穎川三郎／榎谷郁雄／上村登／鵜木利郎／浦上郁夫／大橋美知子／大橋太郎／大橋理恵／岡田光雄／岡本大造／小澤慶太／大久保聡昭／大島九／大竹国雄／大貫富太郎／岡村武志／岡村明子／大幸義典／大幸節子／大幸数弥／大幸綾子／岡本強／岡本正至／岡本豊／岡本博一／

小川哲／小川昌子／小川知佐子／奥川利明／奥田勝／奥田和志／奥野順子／奥村隆亮／長田鎮吾／小沢孝之／小田浩二／小田陽子／越智良子／小野治雄／角野恭三／柏谷伸一郎／柏原喜弘／柏原幸子／柏原愛子／柏原勇太／鹿島弘／柏崎幸彦／片岡三千雄／片岡麻季／片岡純子／片桐右弼／勝浦和男／勝見隆／加藤典子／加藤博幸／金井孝／川井徹夫／川北京子／川上英治／川上和子／川上咲子／河口博次／川口富士子／川上君子／川上竜太郎／川上紗也子／川上陽之介／川口寿／川崎格／河瀬尋文／河添千里／川戸利文／河野浩子／河原道夫／神林展明／木内静子／菊地仁／菊地豊／岸本智佳子／岸本典子／木村典定／工藤由美／国武宜孝／国永昌彦／久保和子／久保克彦／栗原崇志／栗原陽子／栗原祥／栗本雄彦／栗山良治／黒田康弘／小谷房次郎／児玉英里／小谷敏一／小谷かよ子／小谷洋子／小谷昭則／小谷真理／小谷直也／小谷朝美／小谷友美／児玉洋介／小西義員／小林法久／小宮勝広／小宮敏幸／小宮悦子／貴志治／貴志真理子／貴志絵里子／貴志論／木田一男／吉備雅男／小西英雄／小西宏／木場貞夫／近藤芳城／酒井由雄／榊原勝／斉藤直美／斉藤真由美／酒田哲雄／佐田弘／佐藤素子／佐藤陽太郎／佐藤早苗／佐藤喜彦／佐藤公由江／西条善博／桜井繁子／雑古祐紀代／佐藤マサ子／佐藤保久／四方修文／島野佳男／下村寛治／白井克己／白井信吾／白井俊雄／白坂達也／塩田芳郎／滋賀喜作／四方秀和／柴田宏／志間和則／島田拓夫／島本喜内／清水さえみ／清水富士子／清水宗典／志水則昭／白井まり子／白石憲市郎／新垣芳男／新垣裕子／末川久信／吹田暁子／須貝和郎／鈴木秀／須永和美／住本啓示／陶山林邦／瀬良直

司／千田周平／千田典子／千田美樹／寒川益子／曽田秀治／園田昌子／大福由樹／大門義信／高坂行雄／高橋晟／高橋徹／高曲康夫／三好恵子／田川英次／瀧井百合子／滝下裕史／竹内誠一／竹下元章／竹島伸幸／武田澄子／竹永修司／多々良千代美／井ノ上一浩／田代豊田代佐智子／田代香織／田代佳幹／高杉正行／高橋康悦／武内芳子／竹原春平／立花佑治／田中一文／田中滋／前田真智子／前田春奈／立花昇／館征夫／田中愛子／田中透／田中稔夫／谷口正勝／谷間寛／田淵陽子／田淵満／田淵純子／田畑肇也／田村美穂子／塚原仲晃／堤太志／塚原幹夫／辻寛太郎／辻昌憲／鶴町昭雄／出原昭一／寺西雅次／土居高子／土居満代／塔本正吾／徳丸信広／徳満博愛／富岡享／富田真理／豊島富美男／豊島良紀／堂本裕子／堂本智琴／堂本智昌／土岐龍幸／徳田浩康／戸室泰太／中上岑子／中上義哉／中上佳代子／中島あつ子／中島香奈子／中島美菜子／中田加代子／中田美加／永田昌令／中村健児／中山健／西川忠男／新田温子／沼田清／名池和男／内藤実／中井敬／長井秀人／中尾重喜／中尾富幸／長岡明男／長岡正通／中川英二／中川秀則／中島博／中島誠／永富信義／永富勝子／永富孝典／中西稔剛／中野絵理子／中野忠男／中埜肇／中別府弘／中村政昭／中村悠紀子／西井正樹／西川耕司／西川博之／西村庄二／西口昌子／Kimble.j, Mathews／西山竜夫／西山俊江／西山学／西山顕光／新田改三／沼倉愈勇／能仁千延子／野上幸雄／野口豊／野中哲人／橋詰真治郎／橋本礼子／長谷川俊介／長谷川鉄治／服部征夫／花川忠彦／早川宏／林義明／原田敬久／原田恵／半田啓三／半田春海／東谷志郎／東谷敏子／東谷亜紀子／林拓也／

林正典／樋畑進二／平野一／日永田真左子／日永田利美／日永田真由美／蛭田律子／蛭田舞／福田慎一／福田武／房谷清茂／藤本正裕／藤倉嘉郎／藤倉洋子／藤倉智子／藤原美代子／藤原米雄／布施正行／布施喜徳／細川順治／古川恵美子／古川剛／堀岡竜夫／深水諫／福田清一郎／福田典子／藤井利夫／藤島克彦／朴載乙／雀甲順／朴知恵／朴基宗／堀内幸一／本郷晴喜／本田寧／前田光彦／増田了一／松尾省一／三崎洋／水落哲子／宮根将行／森明子／森良一／前瀬泰吾／前田光俊／牧園弘志／巻田進／益田和彦／増田勇生／増田照雄／増永忠彦／松尾敏明／松下優子／松本亜規子／松本圭市／松元美智代／溝端令子／箕田一行／南慎二郎／宮奥誠一／美谷島健／村上良平／村山和子／本道代／森秀樹／森田麻実／森中慎夫／八木橋昭信／保川隆／矢田千晶／矢田万由利／矢田敏雄／矢野嘉宏／矢野敦子／矢野忠祐／矢野正数／山内秀樹／山岡知美／山岡薫／山崎章／山口勝人／山口静子／山口昌洋／山口裕子／山城栄賢／山田エツ子／山本明美／山本謙二／山本敏雄／山本昌司／山本幸男／芳崎務／吉田知太／安田侃／山登道雄／山本仁之／湯川昭久／吉川元啓／吉村一男／吉岡秀次／吉岡美代子／吉岡秀倫／吉岡左幸／吉崎優三／吉崎充芳／吉崎ゆかり／吉田由美子／吉田哲雄／吉田仁美／吉田有紗／吉村謙之助／鷲野恵子／和田浩伸／渡辺昭夫／渡利京子／若本昭司／和田浩太郎／金玉子／安時懊／鄭順徳／李恵慶／李国光／譚澤雹／張麗妍／楊紫丹／葉瑞祥／金Christpher Hankaui／金Scott Hansol／Kalyan Mukherjee／Tripta Mukherjee／Andrrea Moroni／Giancarrlo Moroni／Harald Gurke／Shreemohan Chhawchharia／Ward Wallach

／Edward A Anderson Sr／Michael H Hanson／Jochen Klaubert

〈**犠牲となった日本航空社員：乗員（15名）**〉

（機長）高濱雅巳／（副操縦士）佐々木祐／（航空機関士）福田博

（機内乗務員）波多野純／木原幸代／赤田真理子／藤田香／宮道令子／対馬祐三子／吉田雅代／海老名光代／白拍子由美子／大野美紀子／大野聖子／波多野京子

〈**生還した重傷犠牲者（4名）**〉

落合由美／川上慶子／吉崎博子／吉崎美紀子

参考文献（発行年順）

『ジャンボ墜落─unable to control！』吉原公一郎著（人間の科学社／１９８５）
『激動の航空業界─〝空〟に安全はあるのか？』北沢輝夫著（教育社／１９８５）
『日航ジャンボ機墜落─朝日新聞の24時』朝日新聞社会部編（朝日新聞社／１９８５）
『マッハの恐怖』柳田邦男著（フジ出版社／１９７１）（新潮文庫／１９８６）
『全日空が日航を追い抜く日』山本雄二郎著（講談社／１９８６）
『日本航空連続事故─内部からの提言　安全飛行への道はあるか』日航機事故真相追及プロジェクトチーム編（水曜社／１９８６）
『墜落の夏─日航１２３便事故全記録』吉岡忍著（新潮社／１９８６）
『空飛ぶ巨大技術　ジャンボ』中村浩美著（講談社／１９８６）
『日航の運命─この会社に明日はあるか』片山修著（文藝春秋／１９８７）
『壊れた尾翼─日航ジャンボ機墜落の真実』加藤寛一郎著（講談社／１９８７）
『日本航空─迷走から崩壊へ』吉原公一郎著（人間の科学社／１９８７）

『全日空世界の翼へ—大研究21世紀企業』片山修著（角川書店／1990）
『日本航空はなぜ周期的に大事故を起こすか—危険期が刻々と迫っている』世界日報特別取材班著（第一企画出版／1990）
『悲劇の真相—日航ジャンボ機事故調査の677日—』鶴岡憲一、北村行孝著（読売新聞社／1991）
『墜落事故のあと』川北宇夫著（文藝春秋／1992）
『飛行の神髄』加藤寛一郎著（講談社／1993）
『疑惑　JAL123便墜落事故—このままでは520柱は瞑れない』角田四郎著（早稲田出版／1993）
『一九五二年日航機「撃墜」事件』松本清張著（角川書店／1994）
『日航機救難活動の告白証言』（マイケル・アントヌッチ／米国空軍機関紙「星条旗」／1995）
『墜落遺体—御巣鷹山の日航機123便』飯塚訓著（講談社／1998）
『御巣鷹山ファイル—JAL123便墜落事故真相解明』池田昌昭著（文芸社／1998）
『御巣鷹山ファイル2—JAL123便は自衛隊が撃墜した』池田昌昭著（文芸社／1998）
『御巣鷹山ファイル3—JAL123便　空白の14時間』池田昌昭著（文芸社／1999）
『沈まぬ太陽（三）　御巣鷹山篇』山崎豊子著（新潮社／1999）
『墜落現場　遺された人たち—御巣鷹山、日航機123便の真実』飯塚訓著（講談社／2001）

『隠された証言―日航123便墜落事故』藤田日出男著（新潮社／2003）
『日本国防軍を創設せよ』栗栖弘臣著（小学館文庫／2004）
『日本の黒い霧（上）』松本清張著（文春文庫／2004）
『日航機墜落―123便、捜索の真相』河村一男著（イースト・プレス／2004）
『日航機遺体収容―123便、事故処理の真相』河村一男著（イースト・プレス／2005）
『御巣鷹の謎を追う―日航123便事故20年』米田憲司著（宝島社／2005）
『旅路―真実を求めて［8・12連絡会］21年のあゆみ』8・12連絡会編（上毛新聞社出版局／2006）
『日航123便　あの日の記憶―天空の星たちへ』青山透子著（マガジンランド／2010）
『鎮魂―JAL123便』池田昌昭著（金沢印刷／2010）

フリー百科事典Wikipedia「全日空機雫石衝突事故」
YouTube「日航ジャンボ機JAL123便墜落事故（M氏の証言12）」
YouTube「御巣鷹山日航機墜落事故の真相について！」左宗邦皇代表

「JAL123便墜落事故の真相①　助かるべき多くの生存者が情け容赦なく殺された」
http://blog.livedoor.jp/jin9266/archives/4121599.html

「(新) 日本の黒い霧　ＪＡＬ１２３便墜落事故―真相を追う―１２３（ひふみ）と御世出ずる時（１)」
http://blog.goo.ne.jp/adoi/c/c88c340a8b22aaffd823a32450beb88f
「(新) 日本の黒い霧　ＪＡＬ１２３便墜落事故―真相を追う―闇夜に蠢くもの（４)」
http://blog.goo.ne.jp/adoi/e/9218d78bddf9f12a9d7bdc8ebec1c10a
「つむじ風ねっと　暴かれるか、日本航空１２３便の墜落事故の真相?! 43」

著者プロフィール

小田 周二（おだ しゅうじ）

1937年　奈良県生まれ
大阪大学工学部応用化学科卒業
プラスチック製造メーカー勤務
研究、技術開発、製造、品質管理部門に従事
現在横浜市に在住

日航機事故（1985年）で、次男（15歳）、長女（12歳）と親戚3名を亡くす。
「日本空の安全を願う会」主宰
著書『日航機墜落事故　真実と真相』（文芸社　2015年）

524人の命乞い　日航123便乗客乗員怪死の謎

2017年8月12日　初版第1刷発行
2017年10月12日　初版第2刷発行

著　者　小田 周二
発行者　瓜谷 綱延
発行所　株式会社文芸社
〒160-0022　東京都新宿区新宿1－10－1
電話　03-5369-3060（代表）
03-5369-2299（販売）

印刷所　株式会社フクイン

ISBN978-4-286-18207-0